Diese Geschichten stecken voller subtiler Überraschungen; ihr Motiv ist die Erinnerung. Ein Italien der Phantasie mischt sich mit Bildern jüngster deutscher Vergangenheit, beunruhigende, komische und tragische Gestalten reichen sich auf den Seiten dieses Bandes die Hände zu einer langen Kette. Martin Mosebach schreibt voller Liebe zum Detail, voller Sinnlichkeit, die jeden Schauplatz in seiner Eigenart und Farbe abbildet. Federleicht-virtuose Literatur voller Weisheit und Witz.

Martin Mosebach, 1951 geboren, lebt in Frankfurt am Main. Er wurde u. a. mit dem Heimito-von-Doderer-Preis, dem Großen Literaturpreis der Bayerischen Akademie, dem Kleist-Preis und 2007 mit dem Georg-Büchner-Preis ausgezeichnet.

MARTIN MOSEBACH
STILLEBEN MIT WILDEM TIER

Erzählungen

bloomsbury taschenbuch

MIX
Papier aus verantwor-
tungsvollen Quellen
FSC® C083411

August 2012
© 2001, 2012 Bloomsbury Verlag GmbH, Berlin
Alle Rechte vorbehalten
Umschlaggestaltung: Rothfos & Gabler, Hamburg,
unter Verwendung eines Bildes von © Corbis
Gesetzt aus der Goudy Oldstyle von hanseatenSatz-bremen, Bremen
Druck und Bindung: CPI – Clausen & Bosse, Leck
Printed in Germany
ISBN 978-3-8333-0843-7

www.bloomsbury-verlag.de

INHALT

SEIN ZIMMER

Ich sehe Zimmer vor mir, große helle Zimmer, kleine dunkle, dunkle große, kleine helle, schmale dämmrige, niedrige freundliche, alte hohe, neue quadratische Zimmer, lauter Zimmer, in denen ich gewesen bin, Zimmer, die ich erfunden habe, fotografierte Zimmer, und die Zimmer, die ich bewohnen werde.

Überall ist es das Licht, das meine Zimmer unvergeßlich macht; ich bin ein großer Künstler und öffne dem Licht in den Mauern die richtigen Schleusen, durch die es einfließen kann, um den Raum je nach meinem Willen ganz zu füllen, oder nur ein wenig schimmernd zu erhellen, oder ihn mit gelben Flecken zu sprenkeln.

Meine Fantasie beim Ersinnen von Kunstgriffen, das Licht zu lenken, hat kein Ende.

Ich habe zum Beispiel Zimmer, die von allen Himmelsrichtungen ihr Licht empfangen, ringsum von Fenstern umgebene Turmzimmer etwa: Da liefern sich die Lichter eine Schlacht, sie stürzen aufeinander, sie verbeißen sich im Kampf und fallen dann erschöpft im

Kreis auf den Boden. Meine Wächter lieben diese Art von Zimmern, das Lichtertoben hält sie wach und hindert sie am Schlaf.

Es gibt bei mir aber auch die entgegengesetzte Art von Zimmern: sie empfängt ihr Licht aus einer einzigen Quelle, einem Fenster nämlich, das sich zu einer bestimmten Himmelsrichtung öffnet; da hat alles einen Charakter, der ganz von der Eigentümlichkeit des gerade für diese Himmelsrichtung bezeichnenden Lichts regiert wird. Im weißen Nordlicht sehen meine Hunde und Katzen wie Standbilder ihrerselbst aus. Das graue Ostlicht macht meine Rosen zu Friedhofsblumen. Das Südlicht blendet mich. Ich sperre es aus mit Fensterläden und Jalousien, aber es dringt durch die Ritzen und hackt meinen Teppich in kleine goldene Stücke. Das Westlicht färbt meine Wangen rot, wenn ich am späten Nachmittag einer Dame ein Geständnis mache. Da haben Sie die Hauptlichter.

Ahnen Sie die Varietäten, die sich bei gemischten Himmelsrichtungen, mehreren Fenstern in verschiedenen Richtungen, Fenstern in entgegengesetzten Richtungen ergeben?

In manche meiner Zimmer fällt nie ein Sonnenstrahl.

Sind hinter ihren immer geschlossenen Vorhängen wirklich Fenster verborgen? Fast meint man, sich diesen Gedanken verbieten zu müssen: Die Existenz von Fenstern käme einer Revolution für die Verhältnisse in diesen Zimmern gleich. Die feierliche Harmonie ihrer sich kreuzenden Schlagschatten würde von jedem anderen Licht, als dem der sorgfältig plazierten gläsernen Lampen zerstört; läßt man sie aber heil und schützt sie vor dem plärrenden Licht eines Sommertages oder der sentimentalen Bleichsucht des Vollmondes, so entfaltet sich die beruhigende Kraft der innersten Kammer einer Pyramide.

In der Nacht beginnen sich meine Zimmer wieder zu gleichen und nur die, die feine Nerven haben, können auch in der Dunkelheit noch ahnen, wie hoch die Zimmerdecke über ihnen schwebt und ob ihr Atem sich in Wandverkleidungen fängt oder ob er auf eine nackte Mauer schlägt. Ich kenne aber das Erschrekken, das uns erfaßt, wenn wir allein in einem dunklen Zimmer zu sein glauben und auf einmal die schleppenden unbeirrbaren Atemzüge eines in ihm schlafenden Menschen vernehmen. Das Zimmer, dessen Eigenheiten nicht wahrzunehmen sind, gewinnt plötzlich durch den träumenden Schläfer ein Herz und fängt an zu leben – ein gesichtsloses Leben, wie in den ersten Tagen der Erde oder in unseren Kinderängsten, die uns die nie gesehenen Ungeheuer aus den Höhlen vor Augen stellten.

Meine Zimmer sind meine Haut. Ich habe tausend Häute und fürchte manchmal, daß ich noch niemals in einem Zimmer gewesen bin.

In einem Zimmer vielleicht, das im 3. Stock eines alten Mietshauses liegt.

Man öffnet seine Türe, tritt ein und sieht sich um. Dabei stellt man fest, daß die Türe am Rand des Zimmers liegt, in seiner äußersten Peripherie, sie versucht, so wenig da zu sein, wie nur möglich, man hat sie dort hingesetzt, damit sie möglichst wenig Platz wegnimmt, jetzt steht sie folgsam in der Ecke und hält ihre Kassettenfüllungen so eng zusammen wie eine Frau ihren

Rock beim Durchwaten eines Baches. Es ist offensichtlich, daß mit dieser Tür niemand eine besondere ar-
chitektonische Wirkung erzielen wollte, sie ist die or-
dentliche Tür zu einem Mansardenzimmer und sonst
nichts. Sie steht im Schatten. Selten nur trifft sie
das Licht, das in diesem Zimmer herrscht. Das Licht
kommt von draußen herein, durch ein großes Fenster,
das in drei schmale Flügel gegliedert ist. Morgens wirft
die Sonne einige rote Strahlen auf die Wand neben
dem Fenster, sie wandern mit dem sich vollendenden
Vormittag langsam nach oben und verschwinden im
Winter um zehn Uhr, im Sommer um halb neun. Dann
bleibt das Licht den ganzen Tag über gleichmäßig hell
am Fenster, in den Tiefen des Zimmers schattiger und
unscharf. Wenn sich der Himmel bezieht und graue
Wolken auf die Blätterwand vor dem Fenster drük-
ken, nimmt die Atmosphäre des Zimmers einen wäß-
rigen, grünen Ton an, sein Bewohner schwimmt dann
in ihm wie in einem lichtlosen Aquarium, seine Bewegungen stehen unter der Hemmung des Wasserdrucks,
die ihm jedoch zugleich ermöglichen müßte, sich mit
den Füßen von dem schokoladenfarbenen Fußboden
abzustoßen und der weißen Decke entgegenzutreiben,
sich wieder sinken zu lassen und wie ein Karpfen die
Nase den verglasten Bildern zu nähern, um sie aus einem neuen überraschenden Winkel verständnislos zu
betrachten. Abends färben sich die Gegenstände des
Zimmers blau und schwarz, wie es die Dämmerung immer macht, und doch berührt es seltsam, daß das Him-
melslicht draußen merkwürdig lange weiß leuchtet,
ohne die schwarzen Bestandteile des Zimmers erhellen zu können, so als ob nach einer bestimmten Stunde

die Fensterscheiben sich weigerten, die Lichtstrahlen durch sie hindurch fallen zu lassen und nur noch bereit wären, dem Betrachter das Abendlicht wie in einer Vitrine zu präsentieren. Man kann sich dann den Bewohner vorstellen, wie er an seinem Schreibtisch, der vor dem Fenster steht, Platz genommen hat, vielleicht schon vor Stunden, und das langsame Schwinden des Lichtes verfolgt. Er versucht, sich im Sommer an den Winter zu erinnern, wenn die Äste kahl vor seinen Augen wanken und den Blick auf das verschobene Schiefergrau der gegenüberliegenden Dachlandschaft öffnen, aber es gelingt ihm niemals, mit der Kraft seiner Vorstellung die dicken grünen Wolken wegzuschieben, die im Wind wie tausend Federn zittern. Er tröstet sich vermutlich damit, daß er, wenn Gott es will, in wenigen Monaten schon wird wieder sehen dürfen, was ihm seine Fantasie jetzt verweigert. Da Gott ihm seine Hilfe offenbar oft gewährt, schmückt er das Bild seines Herrn mit violetten seidenen Schleifen und silbernen Herzen; wenn er von seinem Kopfkissen seine Augen auf sein kleines schwarzes Kruzifix richtet, das über dem Bett hängt und auf die gegenüberliegenden Fenster sieht, vermag er die Arme des Gekreuzigten unter den glänzenden Bändern nicht mehr zu erkennen. So läßt er sich schützen und so kann er die Augen am Abend in Ruhe schließen. Vor der Kühle der nackten Wand, an der entlang sein Bett aufgestellt worden ist, bewahrt ihn ein Teppich, der aus der Ritze zwischen Bett und Mauer geräuschlos aufsteigt und erst kurz vor der Decke innehält. Er ist alt, und seine zackigen Muster beginnen sich voneinander zu lösen wie eine Briefmarke von der anderen; eine entschiedene Hand hat versucht, den Verfall aufzuhalten und hat unerschrocken geflickt, genäht und auch Teile ergänzt, ohne ihm im Ganzen etwas von seiner Mürbe zu nehmen. Aber die Farben, die geblieben sind, besitzen noch genügend Kräfte, um von ihrer Herkunft zu erzählen: vom braunen Blut der geschlachteten Hammel, vom Indigoblau der Pluderhosen, von den bitteren Säften der Heilpflanzen und vom Sand.

Hat der Schläfer nie die Empfindung, der Teppich verdecke eine Tür, die in andere Räume führt? Wenn ein Windstoß den Teppich trifft, und er schwankt und bebt, dann kann man schon bei Tageslicht den Raum ahnen, den der Teppich wie eine Portiere verbirgt. Wahrscheinlich ist es sehr unaufgeräumt dort, Matratzenlager, leere Flaschen, eine ausgestopfte Schildkröte, Fotografien von nackten Menschen ohne Kopf, Zerrspiegel und altmodische Prothesen: Die Kammer, in der die Requisiten für die Träume aufbewahrt werden; sie sind vom Bett, in dem der Schläfer, von Heiligenbildern umgeben, ruht, mühelos zu erreichen, wenn der Teppich zur Seite gleitet und die notwendigen Gegenstände sich aufmachen, um sich zu formieren und eine Welt zu möblieren, der nur für wenige Sekunden Leben gewährt ist und die doch auch in der hellsten Sonne die Gedanken in der Erinnerung an sie verschleiern kann.

Jetzt ist es Morgen in meinem Zimmer, allerdings so spät, daß die erwähnten goldenen Sonnenstreifen schon verschwunden sind. Draußen sind die Blätter grün und gelb und bewegen sich vorsichtig. Über dem eisernen Bett liegt ein rotes Tuch, das den Augen der Besucher die Bettwäsche verbirgt. Alles ist aufgeräumt und in gutem Zustand; die Pfingstrosen blühen, die Bücher stehen, die Kissen liegen, die Bilder hängen und im Glas ist ein Tropfen weißer Wein. In diesem Zimmer kann man nur weißen Wein trinken, weil roter Wein hier einfach zu schwer funkeln würde, zuviel Gewicht hinzufügen würde, diesem Zimmer, das ohnehin schon zu schwere, zu braune Farben hat und von zu vielen Details, zu vielen Gegenständen bevölkert wird, um nicht den ruhigen Genuß eines reifen alten Bordeaux zu verhindern. Bräunliche, eher vielleicht karamelfarbene Wände, der schon erwähnte schokoladenfarbene Linoleumboden, ein braunes Sofa und dann viel Rot in Kissen, Litzen, Bezügen und Decken, ein bißchen Gold von den Bilderrahmen, zu wenig nach dem Geschmack des Bewohners, er liebt das Gold offenbar, und deshalb begnügt er sich, wie sich der Liebhaber eines fernen Menschen mit dessen Fotografie begnügen muß, statt mit Gold mit der Goldbronze oder dem dünn aufgeriebenen Blattgold oder dem Goldschnitt seiner Gebetbücher. Über das Gold ist ihm viel Widersprüchliches bekannt: Er hat gelesen, daß es »die Sonne der Metalle« ist und andererseits, daß das »Licht herrlicher als das Gold« sei. Für ihn ist das Wichtigste, daß das Gold weich und rot ist, nur dann nähern sich ihm der Gegenstand und sein Name bis zur Deckung. »… hold rollt das Gold zu meinem Sold«, verkündet er dann vor dem Schlafengehen, während er sich in seinem Spiegel freundlich betrachtet.

Nachdem die Nacht sich zerstreut hat und die Vögel wie aus einer Kehle zwischen den Blättern sitzend zu zwitschern anheben, erhellt das erste Tageslicht ein Zimmer, das verwüstet und unwirklich daliegt. Der mit rotem blassen Samt bezogene Schreibtischsessel steht mit dem Rücken zum Schreibtisch, auf dem zwischen mannigfachen Papieren, einer Uhr, allerlei Püppchen aus Bronze und Porzellan ein Brotkorb mit einem vertrockneten Stück Weißbrot steht. Auf dem Boden liegen Krümel und zerknäulte Servietten; die grünen Gläser spiegeln die Strahlen der Morgensonne in ihrem Bodensatz aus langsam verdunstendem Weißwein. Über einen Sessel ist eine Hose geworfen, ein Hemd hängt herunter, vor dem Bett, in dem ein Mensch schläft, stehen seine gestickten Pantoffeln. Obwohl nicht viele Dinge von ihrer angestammten Stelle gerückt sind, ist ein Chaos entstanden. Armer Schläfer! Du wirst bald erwachen, mit schwirrendem Kopf, du wirst von frischer Morgenkühle beleuchtet, die Reste deines Festes betrachten; wie die Krümel wirst du deine witzigen Bemerkungen zusammenkehren, die Antworten darauf weggießen wie den schalen Wein, die Situationen aufsammeln und falten wie die Servietten. Dein Badewasser wird gurgeln, dein Zimmer wird nicht mehr so trostlos aussehen, wenn du nicht mehr darin bist, tröste dich und fasse dich, geh' in das Tauchbad – du wirst den Irritationen solcher Abende auch in Zukunft nicht entgehen können, aber die Morgende sind kürzer als die Abende und es ist schon spät.

»Dieses Zimmer ist ein Alptraum«, sagte das junge Mädchen. »Ein Kramladen, vollgestopft mit dem unterschiedlichsten Trödel; kein Stil und keine Linie sind zu erkennen, nur ein Brei aus dunklen staubigen Farben, ein Sammelsurium an schlechten Möbeln der verschiedensten Zeiten und viel zu vielen Bildern, die sich alle gegenseitig totschlagen. Und dann diese Geschmacksunsicherheiten! Diese Devotionalien, dieser süßliche Johannes der Täufer aus Gips, der unsäglliche Stoffdruck einer kuhartigen Heiligen Helena! Ich glaube, dieses Zimmer ist sehr schmutzig. Sicher ist hinter diesen Bücherreihen eine dicke, fettige Schicht aus mehlweißem Staub und unter dem Bett die Flocken des Teppichs, der sich langsam auflöst. Es muß mir irgendwie gelingen, mich zu verabschieden, sonst wird meine Stimmung Schaden leiden.«

»Ich weiß nicht, wie man in diesem Zimmer eine einzige Zeile schreiben kann«, sagte der Dichter. »Ganz abgesehen davon, daß das alles hier nicht mein Geschmack ist. Ich liebe weiße leere Zimmer mit drei Möbeln, am besten kein Bild. Wenn ich arbeiten soll, dann brauche ich sozusagen optische Ruhe, meine Bilder entwickeln sich erst, wenn sie von keinen anderen Bildern bedroht werden. Wenn ich dieses Stillleben mit seinen gefährlichen dunklen Rosen, seinem Kristall, seinem sämigen, öligen Holz betrachten muß, verstummt meine Phantasie. Bilder verwahrt man mit dem Gesicht zur Wand. Wenn man eines betrachten will, hebt man es hoch und dreht es um. Ein Bild an der Wand ist wie ein ständig auf einen einredender Mensch, der keine Entgegnung zuläßt. Was heißt ›ein Mensch‹. In diesem Zimmer bin ich einer Woge durcheinander schreiender Lebewesen ausgesetzt. Ich halte mir die Augen zu und ergreife die Flucht.«

»Alles, was ich hier sehe, hat eine Bedeutung für mich«, sagte die Frau. »Ich bin oft in diesem Zimmer gewesen, es war anfangs leerer als jetzt, dann sind immer mehr Sachen dazugekommen, jede ist für mich eine Erinnerung an irgend etwas. Jetzt hat das Zimmer so viel Schwere, daß ich mir manchmal vorstelle, daß ich ihn selbst gar nicht mehr sehen brauche – die Gegenwart ist so unerhört arm; alles, was sie hat, ist, daß sie eben da ist. Wie anders in seinem Zimmer, da habe ich ihn, wie er früher war, wie er später war, wie er heute ist, und, weil ich ihn kenne und schon ahne, was er verändern wird, wo ihm noch etwas fehlt oder wo ihn etwas stört, wie er morgen sein wird. Ich habe nie darüber nachgedacht, ob dies ein schönes Zimmer ist. Wenn ich aufgefordert würde, bestimmte Gegenstände aus ihm zu beschreiben, dann würde ich wohl scheitern, obwohl ich doch weiß, daß ich alles vor Augen habe: Farben, Formen, Gerüche, aber eben als Akkord und nicht im Detail, wie ich mich gewöhnt habe, ihn zu betrachten.«

Wenn das Zimmer frisch geputzt und noch nicht wieder in Benutzung genommen worden ist, sieht es aus wie ein Indiz: Die Stühle bezeugen, daß jemand einmal auf ihnen gesessen hat, das Sofa beweist, daß einmal einer auf ihm gelegen hat, der Schreibtisch belegt, daß einmal einer etwas auf ihm geschrieben hat. Es ist der Zustand des Zimmers, der sich für eine Polizeifotografie eignete. Daß der, der hier gesessen, gelegen, geschrieben hat, schuldig war, ist offensichtlich. Seine Sünden sind zahlreich: Wie oft hat er, wenn er den Telefonhörer abnahm, »ja« gesagt, wenn er »nein« meinte, wie oft hat er aus diesen grünen Gläsern fremden Wein getrunken, wie häufig hat er diejenigen, denen er Liebeserklärungen abgab, auf diesem Sofa mit seinen Tagträumen betrogen! Dann hatte er das Gefühl, auf jedem Sessel in seinem Zimmer sitze eine hochfahrende, kostbare Person, von verdorbenem, funkelndem Geist und fabelhaftem Reichtum – die Bemerkungen flogen hin und her, so schnell, daß sie kaum hörbar waren, es waren eigentlich immer Schlußworte, die einen mondän-resignierten Aufbruch ankündigen sollten. Aber keiner ging; die Gäste blieben immer so lange, bis das Telefon klingelte.

Wieviel Uhr ist es jetzt? Ich feiere die Niemandszeit. Mein Zimmer liegt auf einem Schiff, ich treibe in ihm über das grüne Meer, dessen tausend kleine Wellen in mein Fenster sehen. Die Passagiere sind eine kleine italienische Blumenverkäuferin, ein kleiner Merkur mit Flügelschuhen, zwei rote Putten mit leichten Anzeichen der Seekrankheit, ein kleiner Soldat mit dem goldenen N zu Füßen, ein Löwe, der Heilige Johannes der Täufer als Knabe, ein kleiner Fischer, der Papst, ich selbst mit einem Lorbeerkranz gekrönt, als Ölbild, diverse Stilleben, eine Geige. Ich glaube, daß es keine gute Geige ist, und sage zu jedem, der mich nach dem Wert des Instruments fragt, in unbestimmtem Ton: »Das ist eine französische Geige.«

Wenn ich meine Koffer packe, wird alles, was nicht in die Koffer hinein soll, überflüssig. Es ist nicht mehr aufgestellt, sondern es steht herum. Keinen einzigen von den Kunstbänden auf der Kommode werde ich mitnehmen, auch die Kommode selbst nicht, so vieles andere auch nicht. Dafür einige Etuis, Schachteln und Dosen und meinen Morgenrock. Was noch nicht eingepackt ist, verbreitet die verheißungsvolle Unordnung des Hotelzimmers, ich stehe am Beginn eines Romans, diese Abreise ist der Bestandteil der Exposition, weil in ihr noch die Empfindung und die Handlung zusammenfallen. Weil es ein sehr komplizierter Roman ist, wird das später anders sein, die Wirkung wird später gerade in dem Auseinanderfallen des Äußeren und des Inneren bestehen, aber jetzt ist alles noch eine Einheit, eine Einheit von einer Kraft, die mich die kommenden Verwicklungen überstehen lassen wird.

Ich werde also nicht untergehen, weil ich einmal unter einer roten Decke geschlafen habe, gegen die Kälte von einem Teppich geschützt, gegen den schlechten Schlaf von den violetten Schleifen des schwarzen Kruzifixes. Das hat mich sehr erfrischt, ebenso der schwarze Kaffee am Morgen, auch der Weißwein am Mittag, aus grünen Gläsern genossen.

Am Schreibtisch war es immer schön, ich habe die gelben Papiere mit Zeichen bedeckt, viel Material verbraucht und mir im Winter den Sommer, im Sommer den Winter vorgestellt.

Wer niemals ein Zimmer bewohnt hat, wird mein Glück schwerlich ermessen können. Nicht jedes Zimmer verschafft einem solche Erlebnisse; man muß suchen und darf nicht mit dem ersten Besten zufrieden sein. Ich habe gesucht und gefunden, ein Zimmer, das ich nie verlassen werde.

Dieses Zimmer im dritten Stock eines alten Mietshauses liegt auf der Spitze des Eiffelturms. Es zittert sanft, wenn sich die großen Fahrstühle in Bewegung setzen; im Sommer höre ich die Stimmen der Besucher auf den unteren Terrassen, aber im Winter, wenn die Bäume ihr Laub verlieren, habe ich einen wundervollen Blick.

DIE PRINZESSIN BELGIOIOSO IN ROM

In der »Goldenen Traube« wird ein guter einfacher Wein ausgeschenkt, aber nicht jedem, der davon haben will. Neben den Tischen, auf denen die großen gefüllten Karaffen stehen, gibt es die, auf denen sich nur die Aschenbecher füllen und die Menschen, die an ihnen sitzen, vom Kellner so wenig beachtet werden wie die Katzen. So lagern sie sich denn auch zwischen die fröhlichen gesprächigen Weintrinker, sie betrachten sie ebenso kalt und schamlos, als ob sie wirklich Katzen wären. Vor allem aber beschäftigen sie sich mit sich selbst. Sie untersuchen den Zustand ihrer Kleider und den Inhalt ihrer Taschen und wenn sie sprechen, dann wünschen sie von niemandem eine Antwort. Wie die Katzen gehören auch sie dem weiblichen Geschlecht an, und sie genießen das Privileg der Weiblichkeit, sich beständig zu schmücken und zu putzen. In ihrem verwahrlosten Haar stecken glitzernde Kämme, es fällt mädchenhaft auf ihre Schultern und umrahmt ein Gesicht, dessen Lippen zwar keine Zähne mehr verbergen, aber dennoch mit hellroter Farbe angemalt sind. Es gelingt ihnen, die tiefschwarzen Ränder ihrer Fingernägel wie das Attribut einer längst vergessenen, kostbaren Mode erscheinen zu lassen, wenn sie die immer noch vollen Hände auf den Lattentisch legen wie auf eine rote Logenbrüstung. Sie haben verstanden, daß der soziale Status des Menschen nicht am Zustand seiner Kleidung, sondern an ihrer Art und dem Schnitt erkannt wird. Wer nur deswegen nicht sieht, daß ihre Blusen aus feinem Stoff geschneidert sind, weil sie nun schon so manches Jahr ungewaschen blieben, ist blind. Wer nicht schließen kann, daß sie ihre weiten Hosen tragen, weil sie als junge Mädchen schon eine Freizügigkeit genossen haben, die aus ihrer hohen Herkunft kam, der soll getrost ihren Wunsch nach einer Weinkaraffe übersehen und am Nebentisch die Kleingewerbetreibenden versorgen, zu denen er damit selbst auch gehört. Es ist schon nicht so, daß sie den Wein jetzt unbedingt brauchen, obwohl es angenehm wäre, die trockene Kehle an einem heißen Tag etwas zu erfrischen. Gleich um die Ecke, beispielsweise, gibt es ein Geschäft, dessen Inhaber keinen Anstand nimmt, ihnen sofort eine Flasche zu verkaufen, auf ihn werden sie später zurückkommen. Das ist ein stiller korrekter Mann, wer ihm zahlt, dem gibt er, was man wünscht. Aber vorläufig ist die »Goldene Traube« ihre Station, denn es ist die Regelmäßigkeit, aus der sie viel Kraft ziehen, und es wäre undiszipliniert, die »Goldene Traube« nur deshalb nicht zu besuchen, weil man ihnen dort nichts mehr serviert.

Die »Goldene Traube« ist gut besucht, wenn die Geschäfte gerade schließen, aber draußen ist immer noch ein Tisch frei, wo eine Dame sich keinen Szenen aussetzt, wenn sie sich hinsetzt, und nichts bekommt, obwohl sie einer Bestellung grundsätzlich nicht abgeneigt wäre. Von den vielen Auftritten, die um diese Zeit in der »Goldenen Traube« vor sich gehen, nehmen sie allerdings keine Kenntnis. Da können die Motorräder der jungen Männer heran- und wieder wegknattern, da können Leute in blauen Overalls und solche mit den Krawatten der Schalterbeamten hereinkommen, sie blicken nur kurz einmal auf, denn sie wissen, hier kommt kein neues Gesicht herein, bis vielleicht einmal auf einen Touristen mit seinem Stadtplan, und ein Gesicht, das man nur einmal sieht, ist gar kein Gesicht, aber ein Gesicht, das man jeden Tag sieht, ist kein Gesicht mehr.

Wer soweit wie sie gekommen ist, muß sehen, daß er mit seinen Empörungen allein fertig wird, und es gibt auch in ihrem Leben solche Empörungen, in der Gegenwart und in der Erinnerung. Die Welt ist voller Geschmacklosigkeiten, die muß man nicht suchen, und es ist unbillig, wenn man von Menschen, deren ganzes Leben ein Beispiel vollendeter stoischer Ruhe gibt, verlangt, daß sie auch im kleinen immer auf sich halten, und auf die Klage verzichten, die doch nicht mehr Erleichterung verschafft, als ein warmes Bad dem zu Tode Betrübten.

Wenn also der Eimer ihrer Fassungskraft überläuft, weil das Leben einen Tropfen von Häßlichkeit und Meskinität zuviel in ihn gegossen hat, dann öffnen sie ihren Mund und sprechen – ohne auf die fröhlichen Weintrinker in der »Goldenen Traube« Rücksicht zu nehmen – etwa so, wie es manchmal die Älteste von ihnen tut: »Gehen Sie mir doch weg mit der Prinzessin Belgioioso! Erzählen Sie mir doch nichts von dieser Frau! Wenn ich einen Menschen gekannt habe, dann sie, bis in ihre abscheulichsten Gewohnheiten hinein! Sie glaubte, sich vor mir nicht zusammennehmen zu müssen, weil wir jahrelang in einem Bett zusammen schliefen. Das ging soweit, daß sie mir schließlich meinen hellblauen Kamm stahl, einen nicht mehr ganz neuen, aber mir sehr teuren unersetzlichen Kamm, ein Geschenk von lieber Hand! Man weiß, wie das war: Oft behielt man von einem jungen Soldaten nichts in der Hand, als solch ein Erinnerungsstück, man lernte sie kennen, und dann mußten sie schon wieder fort und man erwachte und konnte die welken Blumen aus dem Haar ziehen und in einem Album pressen. Meiner hier war anders, er schenkte nicht nur diesen hellblauen Kamm, sondern vieles mehr, glacierte Maronen, Seidentücher und Eisenbahnfahrkarten: Wir haben die herrlichsten Dinge gemacht. Er hat mir dreiundfünfzig Briefe geschrieben, alle mit mindestens zwölf Seiten und der letzte war unvollständig, er trug ihn am Herzen, als ihn die Kugel traf, und die machte hinter dem letzten Satz: Ich liebe Dich! einen roten Punkt. Ich habe das gesamte Briefbündel aufbewahrt, aber einmal sehe ich unter mein Bett: Der Schuhkarton ist leer, ich laufe heraus, da hat die Schwester Oberin mir alle weggenommen und ist dabei, sie mit bunten Stecknadeln am schwarzen Brett zu befestigen. Ich reiße ihr von hinten den Schleier vom Kopf und zeige ihr, was ich davon halte, da geht sie mit den Nadeln auf mich los und will mir ins Gehirn stechen.

Wozu hat das alles geführt? Die Briefe sind beschlagnahmt worden, die sehe ich nie wieder. Worauf die ihre Hände legen, das ist weg. Ich brauche sie allerdings auch nicht, denn ich kann sie auswendig, das war der einzige Weg, sie vor Diebstahl zu schützen, das wußte er auch und schrieb die Briefe deshalb nie vollständig, ich hatte sie mir nach seinen Intentionen zu ergänzen. Wenn Sie dagegen die Belgioioso fragen, die hat nicht einmal die Hälfte der Sachen im Kopf, die ihr gehören, ach, nicht ein Achtel! Sie wird bestohlen und merkt es nicht einmal: So besaß sie zum Beispiel eine Plastikschüssel, in der sie sich die Haare wusch, und eines Tages war die Schüssel weg, wie ich sofort sah, als ich nach Hause kam. Ich weiß, was fair ist, und sagte ihr sofort Bescheid, und was tat sie? Sie behauptete, sie habe ihr Leben lang noch niemals ihr Haar selbst gewaschen, sie gehe zum Friseur, aber nur selten, denn das Waschen schade dem Haar, vor allem, wenn man es zu oft vornehme. Es half gar nichts, daß ich ihr die Stelle zeigte, an der die Schüssel vorher gestanden hatte, es half mir nicht, daß ich ihr bewies, dort, wo ihr Friseur angeblich sein Geschäft habe, sei seit vielen Jahren eine Metzgerei, sie blieb fest und betrachtete mich sogar mit Belustigung und einem Ausdruck um die Mundwinkel, den ich immer an ihr gehaßt habe.

Ich bin stolz, aber sie ist mehr, sie ist halsstarrig, und es hat mich nicht im mindesten gerührt, daß sie durch ihren albernen Hochmut viel mehr von ihren Sachen verloren hat, als nach der Katastrophe nötig gewesen wäre. Das ist auch der Grund, warum sie sich hier nicht mehr sehen lassen kann: Sie würde fortgewiesen, wenn sie nur einen Schritt in die ›Goldene Traube‹ setzte. Die Leute sind großzügig hier, aber sie haben keinen Sinn für eine ungepflegte alte Trinkerin, die ihnen die

Gäste vergrault und die Leute anspricht, wenn sie sich unterhalten wollen mit ihren Geschäftsfreunden oder in der Zeitung lesen müssen.

»Nein, ich will keinen Wein!« ruft die Alte dem Kellner ins Gesicht, der an ihr vorbeisieht und die goldene Karaffe vor ihrer Nase einen Tisch weiterträgt, wo vier Männer in Hemden mit aufgekrempelten Ärmeln auf sie warten, während einer von ihnen, der noch nie hier war, den andern anstößt und auf die Sprecherin zeigt, die ihre Rede mit erhobener Stimme fortführt: »Ich habe wenig Anlaß, meinem Schöpfer für etwas zu danken, aber ich bin nicht nur stolz, sondern auch gerecht, und ich danke ihm, daß er mich heute von der Prinzessin Belgioioso befreit hat. Diese Ladendiebin, diese Strolchin, diese Zechprellerin und Herumtreiberin ist heute ohne geistlichen Beistand eingegangen wie eine Fliege.

Meinen Sie, der Pfarrer sei da nochmal hineingegangen? Sie hat ihn schon hundertmal holen lassen, bei jedem Schnupfen, oder bei jedem Kater nach ihrem Vollrausch und ich habe sie gewarnt, daß sie es nicht zu weit treiben solle, denn dann kommt er nicht, wenn es ernst ist, und so ist es auch gewesen: Er hat so laut gelacht, daß man es bis in den sechsten Stock gehört hat, als man ihm sagte, daß sie nun wirklich sterben würde, sein Gelächter, das sie auch durchs Fenster hören konnte, mußte sie als seinen Sterbesegen nehmen, mehr hat sie nicht bekommen, weil sie sich zuviel Vorschuß geholt hat, als sie ihn nicht brauchte.«

Diese Geschichte macht sie nicht so froh, wie man es bei ihren Worten denken sollte. Sie wird nachdenklich, sie stützt den grauen Kopf in die Hand und sieht nun aus wie eine Sibylle, die im Buch der Zukunft mehr erfahren hat, als die gedankenlos-vergnügten Zeitgenossen wissen möchten. Ihr Gegenstand hat sie weggetragen und hat sie vergessen lassen, daß nicht alle in der »Goldenen Traube« angenehm oder auch nur teilnahmsvoll von ihrer Rede berührt worden sind. Die beiden Kellner haben eine Art, sich vor sie zu stellen, ohne ein Wort zu sagen und dabei ihre Hände zu verschränken und die Bäuche herauszudrücken, daß sie nicht mißverstehen kann, was gemeint ist: Man will nicht nur, daß sie schweige, sie soll jetzt gehen.

Ihren Aufbruch gestaltet sie unauffällig, denn sie will morgen wiederkommen und denkt nicht daran, sich mit Kerlen von dem erbärmlichen Zuschnitt der Kellner auseinanderzusetzen. So sammelt sie mit betonter Ruhe ihre Taschen auf und lächelt abfällig dabei; als sie zwischen den Tischen zum Ausgang geht, sieht sie so gleichgültig vor sich hin, daß die Kellner, die sich unerbittlich hinter ihr herschieben, aussehen wie die Eskorte für einen hochgeehrten Gast.

Als sie um die Ecke verschwunden ist, dort, wo der anständige Kaufmann schon mit seinen Flaschen auf sie wartet, sagt der Mann, der zum erstenmal in der »Goldenen Traube« ist, zu seinem Schwager: »Wen habt ihr denn da in eurem Viertel?« »Das ist die Prinzessin Belgioioso«, sagt der Schwager und deutet mit der Hand die Bewegung des Trinkers an.

»Was für ein Unsinn«, ruft ein anderer Mann, »die Prinzessin Belgioioso ist doch schon längst tot!«

»Doch, doch«, sagt der Schwager, »das ist sie, sie gibt es auch zu!«

»Ich lebe schon ewig hier«, sagt ein Vierter, »und sie

lebt seit zehn Jahren hier und man hat noch nie so etwas von ihr behaupten hören!«

Der Schwager zuckt unsicher die Achseln, sein Verwandter hebt die Schultern und sagt: »Es ist ja gleichgültig.«

Er tut noch einen Zug und wirft seine Zigarette dann nach einer schwarzen Katze, die in einem knappen Sprung nur einen halben Schritt zur Seite springt und nicht aufhört, ihn anzusehen. Mit einer Zigarette kann er sie nicht ärgern, und anders schon gar nicht, denn eine Katze bleibt immer eine Katze, auch wenn man nicht weiß, wie sie heißt.

WEINPROBE

Ich weiß nicht mehr, wer meinen Eltern das kleine Weingut der Richters als »Quelle« für einen ordentlichen, nicht zu teuren Rheingauer Wein empfohlen hat. Jedenfalls sind wir jahrelang zum Probieren und Einkaufen dorthin gefahren, haben die verschiedensten Veränderungen in Haus und Hof der Richters erlebt, haben das Haus in allen Jahreszeiten gesehen und waren mit den Leuten recht vertraut. Und doch steht mir von den vielen Besuchen, die ich mit meinen Eltern dort gemacht habe, nur noch ein einziger vor Augen, und ich kann einfach nicht sagen, ob dieser Besuch einer ist, den die Erinnerung wahllos bewahrt hat, vor den vielen, die verworfen wurden, oder ob sie von allen ein bißchen nahm, um mir ein Bild von unseren Ausflügen herzustellen, das für jeden von ihnen stehen sollte.

Meine Mutter stellte das Auto immer in der Nähe des Hoftores ab, wenn wir an einem Sonntagnachmittag nach Mittelheim gefahren waren, »damit wir es beim Beladen einfacher haben.« Die kleine Straße lag ausgestorben, die dichten Spitzenvorhänge waren zugezogen. Es sah aus, als seien alle Leute ausgegangen. Mittelheim war ein hübscher Ort mit etwas Fachwerk, gotischen Kirchen, niedrigen alten Häusern; aber die Ruhe, die in ihm herrschte, war nicht ländlich, sondern kleinstädtisch. Es krähte kein Hahn mehr. Vor dem Haus unserer Winzer wurde ein Stück Trottoir mit neuen Platten gepflastert. Häufig hatten die Richters uns das große Hoftor geöffnet, heute aber drangen durch das geschlossene Tor gedämpfte Rufe: »Hinten 'rum, hinten 'rum!« – deshalb gingen wir in ein Gäßchen, wo die Haustür schon offen stand und Herr und Frau Richter mit breitem Lächeln auf meine Eltern und mich blickten und uns die Hände zur Begrüßung entgegenstreckten.

Im Flur roch es muffig, wie im ganzen Haus, nach großen Federbetten und saurer Milch, obwohl die Richters schon lange kein Vieh mehr hielten. Es war kalt. Frau Richter sagte: »In der Küche ist geheizt«, und ging uns voran in einen niedrigen bräunlichen Raum, in dem es silberne Ofenrohre, helle Küchenbuffets aus den dreißiger Jahren, Abreißkalender und eine Eckbank gab, vor der ein Tisch mit Schubladen und einer kurzen Plastiktischdecke stand. Wir setzten uns, die Eltern noch in Mänteln und etwas vorsichtig, wie mir schien, die Richters setzten sich gegenüber. Sie hatten beide eine tief braunrote Gesichtsfarbe, sahen aber sonst sehr unterschiedlich aus. Herr Richter war kahl, mit großen Zahnlücken, eher drahtig, so daß sein kleiner Bauch wie aufgesetzt wirkte. Frau Richter war sehr dick, mit großem Busen, einem breiten wässrigen Gesicht und einem Fischmund mit wohlgeschwungenen

Lippen, der meist offenstand; sie schloß ihn nur, wenn sie die Rechnung schrieb, und damit etwas Sicheres, Abschließendes tat.

Herr Richter strahlte Bonhomie aus, war stets auf dem Sprung, in ein Gelächter auszubrechen, das sich immer leiser werdend langsam wieder verzog, und sagte nie etwas. Frau Richter war wißbegierig und saugte die Nachrichten, die aus dem Munde meiner Eltern kamen, mit feuchten braunen Augen andächtig auf. »Wie geht's denn bei euch?« fragte Frau Richter, als wir saßen. »Vielen Dank, es geht gut bei uns, wir haben Ferien gemacht, die Kinder sind gesund.« Frau Richter sah meine Mutter noch eine Weile an, bevor sie sagte: »Das ist die Hauptsache. Habt ihr schon unsere neue Stubb gesehen?«

Die Richters erhoben sich, indem sie sich vorbeugten und die Hintern herausstreckten; Herr Richter lachte, als er die Tür öffnete und im kalten Licht sein mit goldenem Samt bezogenes Sofa stehen sah. Meine Eltern zogen die Köpfe ein, obwohl die Tür gar nicht so niedrig war, und stellten sich vor das Sofa. »Sehr schön!« sagte mein Vater. »Setzt euch mal!« sagte Frau Richter. Mein Vater stand gedankenversunken. Meine Mutter setzte sich auf die Kante und wippte, um die Polsterung zu prüfen. Dann ließ sie sich gegen die Lehne sinken. Herr Richter lachte noch mehr. »Sehr schön!« sagte mein Vater. »Es ist gut verarbeitet!« sagte meine Mutter. Frau Richter beobachtete sie mit offenem Munde und bestätigte ihre Bemerkung nach ein paar Sekunden mit wiederholtem langsamem Nicken. »Es ist schon wegen dem Hans«, sagte Frau Richter.

Hans war der Sohn der Richters, er war über zwanzig und ritt auf dem schweren Pferd, dem letzten Tier auf dem Hof, bei den Fastnachtszügen mit. Meine Mutter bezeichnete ihn als »schönen, stolzen Menschen«, so wie man die Angehörigen gewisser Urwaldvölker »schöne, stolze Menschen« nennt. »Der Hans macht Hochzeit«, sagte Frau Richter, und Herr Richter nickte und lachte. »So etwas«, sagte meine Mutter, »eben war er noch Schulbub. Aber so ein schöner, stolzer Mensch!« Jetzt lachte auch Frau Richter und sagte dann: »Sie ist von Frankfurt.« Sie gingen zurück in die Küche. Herr Richter stellte mehrere Weinflaschen auf den Tisch.

Dann kam Margot herein, die vierzehnjährige Tochter der Richters, mit hellblonden Zöpfen und einer roten Strickjacke und knickste. Sie war, so empfand ich unbestimmt, erwachsener als ich; ich stellte mir vor, daß sie bei ihrer Erstkommunion schon sehr selbstverständlich mit ihrem weißen Handtäschchen umgegangen sei. Mich betrachtete sie mit gezierter Sicherheit. Sie fühlte deutlich den Vorteil, dem Fremden in ihrem eigenen Hause entgegenzutreten. »Zeig dem Gast doch mal deine Katzen«, sagte Frau Richter. »Ich weiß ja nicht, wo sie sind«, antwortete Margot. »Ei, oben«, sagte Frau Richter. »Garnet oben«, sagte Margot beleidigt. »Ei doch, hinten«, sagte Frau Richter. »Ach so, hinten, sag's doch gleich«, antwortete Margot, während ihr Vater sie lachend ansah. »Oben« und »hinten« waren für mich wie die Ausdrücke einer Geheimsprache, deren bedeutendster Zweck darin besteht, daß sie ihrem Benutzer Behagen und Selbstsicherheit einflößt. Obwohl der Dialog so gereizt abgelaufen war, schienen die beiden Sprecherinnen durch ihn tief befriedigt.

Margot ging hinaus. »Geh nur mit«, sagte Frau Richter zu mir. Herr Richter stand leicht gebückt und hielt eine Flasche zwischen den Knien. Er war ernsthaft in das Geschäft des Öffnens vertieft. Als ich die Tür hinter mir schloß, hörte ich sein Gelächter, mit dem er den herausgezogenen Korken begrüßte.

Im ersten Stock war es noch ein wenig muffiger als unten. Es gab hier allerlei Pflanzen mit dolchspitzen harten Blättern und kleine Fenster mit Scheibengardinen. »Ob die hier ist?« sagte Margot und öffnete eine Tür. »Die Schlafstubb von den Eltern«, erklärte sie mir und ließ mich eintreten. Das Zimmer war sehr eng. Zwischen den aufgeblasenen Plumeaus der hohen Betten und einem hellen neuen Kleiderschrank war kaum Platz, um sich umzudrehen. Über den Betten hing ein Bild wie ein Fries. Zwischen wogenden Ähren schritt ein nazarenischer Christus, vom Heiligen Geist schmetterlingshaft umgaukelt und wies nach oben. Der Druck war in freundlichen Farben gehalten, hellgelb, rosa und hellgrün. Christi Augen schimmerten hellblau. »Jesus im Kornfeld«, sagte Margot und machte sehr scharfe S-Laute, als könne sie durch eine überdeutliche Aussprache die Anführungszeichen des Bildtitels ersetzen, die in der gesprochenen Sprache schwer hörbar zu machen sind.

»Ist die vielleicht hier?« fragte sie dann sich selbst und steckte den Kopf unter die Betten. Ihr Rock fiel nach vorn und ließ ihre Unterhose sehen, mit der sie draußen auf einem dreckigen Mäuerchen gesessen hatte. Während sie unter dem Bett suchte, betrachtete ich die Heiligenfiguren, die auf der Kommode standen. Es gab eine Lourdes-Madonna und einen Heiligen Jo-

31

sef mit beschädigten Lilien, es gab einen Johannes den Täufer als Knaben und einen Schutzengel, der seine Hand auf die Schulter eines raffaelisch-schönen Kindes gelegt hatte. Als ich später meiner Mutter davon erzählte, lachte sie und nannte die Figuren die »Kommoden-Heiligen«. Ich wußte, daß sie lachen würde und wußte auch schon, daß solche Figuren Kitsch waren; daß sie im Hause von Margots Eltern offenbar verehrt wurden, gab mir etwas Selbstbewußtsein gegenüber dem großen Mädchen zurück.

Die Katze war nicht da. Margot zeigte auf eine schwarze Kerze, die halb heruntergebrannt war und deshalb ein Abziehbildchen vom Kloster Marienthal nur noch zu einem Teil zeigte, und sagte: »Die ist für wenn's blitzt.« Wir standen schweigend da. Margot guckte mich an und begann sich am Bein zu kratzen. »Ich geh jetzt wieder 'runter«, sagte ich. »Die Katze ist ja gar nicht hier.«

»Die kriegt ganz schöne Dresche«, sagte Margot mit einem zufriedenen Gesicht, und wieder hatte ich das Gefühl einer eigenen Welt, in der das Dreschekriegen ein so eingewurzelter Programmpunkt ist, daß seine Ankündigung alles, was sonst noch mit dieser Welt zusammenhing, heraufbeschwor.

In der Küche probierten die Eltern die Weine der Richters. Das Ehepaar trank ein Gläschen mit. »Ein Gläschen Wein kann nie schaden«, sagte Frau Richter sehr ernst. »Die Oma trinkt mit ihren fünfundachtzig Jahren immer noch ihr Gläschen Wein. Das tut ihr gut.«

»Das möcht ich meinen«, sagte meine Mutter, als ob sie mit dieser Redewendung Frau Richter entgegenkommen wolle. »So kann man alt werden.« Herr Richter wurde von den inneren Erschütterungen eines tonlosen Gelächters bewegt.

»Nicht wahr?« sagte mein Vater plötzlich und hob sein Glas in Herrn Richters Richtung.

»Das ist jetzt ein Neunundfünfziger, natur«, sagte Frau Richter. Mein Vater nickte, stellte das Glas hin und sagte: »Ja.«

Meine Mutter hatte schon probiert. »Der ist an sich schön kräftig, vielleicht ein bißchen zu herb, und auch nicht so voll wie die Sandkuhl.«

»Was ist die Sandkuhl?« fragte mein Vater zerstreut. »Die haben Sie vorhin gehabt«, antwortete Frau Richter, »als erste.«

»Nein, als zweite«, sagte meine Mutter. »War das schon die zweite?« fragte Frau Richter, deren Mann durch die Verwechslung in den Zustand breitester Heiterkeit versetzt war.

Frau Richter tauschte mit ihm einen fragenden Blick. Er nickte; das Ehepaar arbeitete zusammen. »Ich mach mal ein paar Leberwurstbrote, dann schmeckt mer's besser«, sagte sie dann und erhob sich. »Oh ja, wie schön«, sagte mein Vater. »Nicht doch, lassen Sie nur«, sagte meine Mutter. Frau Richter ging zur Speisekammer, Herr Richter lehnte sich zurück.

Meine Mutter begann mit meinem Vater eine gedämpfte Unterhaltung über die Qualität der Weine. »Das Lenchen lockt mich nicht, überhaupt nicht, dann schon eher die Sandkohl oder der Pfefferberg.«

»Der Pfefferberg«, sagte mein Vater. »Das ist ja auch ein Fünf-Mark-Wein, dann ist das keine Kunst«, flüsterte meine Mutter mit erhobener Stimme. Hinter ihr stand Frau Richter mit einem Teller, auf dem ein Berg von Broten mit grauer Leberwurst lag und hörte mit offenem Munde zu.

Auf einmal sagte Herr Richter: »Das Lenchen muß noch liegen, das liegt bei mir noch drei Jahre, dann ist das ein Spitzenwein.«

»Siehst du«, sagte meine Mutter zu meinem Vater, »ich sag dir doch, der ist noch nicht so weit.«

»Aber er wird noch«, sagte mein Vater, und das Ehepaar Richter nickte schwer und wiederholte: »Der wird.«

Meine Mutter guckte weg. Ihr Blick fiel auf mich. Sie forderte mich auf, mich zu setzen und auch ein Brot zu essen, das so gut nach Majoran duftete. »Dann kriegt er aber auch ein Glas«, sagte Frau Richter, und ihr lachender Mann nickte dazu. »Machen Sie mir den Jungen nicht betrunken«, sagte meine Mutter lustig. »Der kommt noch früh genug daran, wenn er wie sein Vater wird.« Ich setzte mich auf einen Sessel, der an den Küchentisch geschoben wurde und nahm ein Glas.

Der Sessel war sehr tief. Ich sah über den Tisch wie ein kleines Kind. Vor mir standen die Leberwurstbrote und dahinter ragte die Gesellschaft der braunen, halbleeren Weinflaschen auf. Es war die Stunde der Dämmerung. Die Richters hatten noch kein Licht gemacht und die Küche lag schon überall dort dunkel, wo das matte Tageslicht, das durch das kleine Fenster fiel, nicht mehr hindrang. Ich trank einen Schluck Wein. Seine feine Säure zog in meinem Gaumen eine Menge der winzigsten Nerven zusammen, ein eigentümlichkribbelnder Reiz, den ich sofort liebte. Ich trank gleich noch einen Schluck.

Auf einmal entstand vor meinen Augen ein köstlicher milder Glanz, der immer stärker wurde, bis er mich fast blendete. Ein letzter Strahl der untergehenden Sonne hatte die braunen Flaschen getroffen. Sie glühten und funkelten, sie lösten sich auf und wurden ganz zu schwerem goldenem Licht. Es gab nur noch dieses Licht. Ich schwamm in ihm und war in ihm blind und zugleich begierig sehend, ohne es schon beim Namen nennen zu können: Das braungoldene Licht, das sich über die drei Kronen der Päpste und über die prunkenden Marterwerkzeuge und Palmen der heiligen Katharinen und Barbaras ergießt, dieses Licht der üppig gedrehten Bronzesäulen, die orangedunkle Aura, die die Taube umgibt, das Bernsteinlicht, das die Elevationen der Erleuchteten begleitet.

In seinem Schein waren die Erwachsenen schwarze Schatten geworden, deren Reden nicht mehr an mein Ohr drangen. Ich war allein in diesem Himmel, in dem kein Weihrauch verbrannt wurde, in dem dafür ein deutlicher Majoranduft herrschte, und atmete in vollen Zügen die berauschende Luft meines eßbaren Paradieses.

TOTE BEGRABEN

Ich hatte keine Erfahrung, die mir diesen Auftrag er-
leichtert hätte, als ich aus dem Katalog des Beerdigungsunternehmers eine Urne für die Asche der Baronin aussuchte. Sie war nicht unvorbereitet gestorben.
Solange ich sie kannte, hatten wir bei jedem Besuch in
ihrer Wohnung, die der unseren benachbart war, von
ihrem Tod gesprochen. Die Baronin saß auf dem Sofa
und sprach mit bitterem Ton vom Sterben, als han-
dele es sich dabei um den letzten bösen Streich, den
das Schicksal ihr spielen werde. Aber das Schicksal
holte lange aus, bis es zuschlug. In dem Altenasyl, in
das ihr Neffe sie schließlich gegen ihren heftigen Pro-
test gebracht hatte, empfing sie noch die Glückwün-
sche des Vertreters der Allgemeinen Ortskrankenkasse,
des Sozialdezernats der Stadt und der Funktionäre des
Blindenbundes zu ihrem hundertsten Geburtstag, bevor ihre Geistesgegenwart sie endgültig verließ und
sie sich nicht mehr darüber wunderte, daß ihre serbi-
schen Pflegerinnen sie duzten. Die Pflegerinnen waren brave Frauen, die nicht respektlos sein wollten. Sie

hatten das Duzen in einem Kurs gelernt; verwirrte alte Leute sprächen besser darauf an. Von diesem erzieherischen Element abgesehen war das Asyl aber eine altmodische Einrichtung. Im Parterre gab es einen Tisch, an dem die Nonnen heiße Suppe ausgaben. Die Landstreicher behielten beim Essen die dicken Mäntel an. Vor der Statue des Heiligen Joseph brannte ein rotes Birnchen. Die Heizungen waren silbern gestrichen. Auf dem Boden eines Zimmers stießen wenigstens drei verschiedene Linoleummuster aufeinander.

Es war nicht sicher, wieviel die Baronin von dieser Umgebung wahrnahm. Manchmal sah sie nichts, manchmal sah sie alles. Sie saß mit geradem Rücken auf dem Sofa. Über ihre Nase zog sich ein orangeroter Puderstrich. Als junges Mädchen war sie in Darmstadt der Zarin vorgestellt worden und hatte ihr in aller Unschuld die Hand geschüttelt, anstatt sie zu küssen. War die Anstellung bei Hof wirklich an diesem Versehen gescheitert? Inzwischen beherrschte sie die Kunst des Wartens besser als eine Hofdame. Sie verlor niemals das Ziel aus dem Auge.

»Ich will verbrannt werden«, sagte sie zu mir, wann immer ich sie besuchte. Etwas wie Vorfreude, ja Triumph sprach aus diesem Wunsch. Die angeordnete Zerstörung ihres Körpers munterte sie jedesmal auf; daß sie fähig war, derart wilde Entschlüsse zu fassen, bewies ihr, daß noch Lebenskraft in ihr steckte. Und mit der Verbrennung gedachte sie ihr Leben nach dem Tode nicht abzuschließen. Dann sollte es noch weitergehen. Aber hier zeigte sich, daß die Baronin im Zeichen der Waage geboren worden war; sie konnte sich nicht entscheiden. Einmal sagte sie: »Ich will auf unserem Familienfriedhof in Oberhessen neben meinem Vater beerdigt werden«, ein andermal erklärte sie mit grausamem Vergnügen: »Ich will, daß meine Asche auf freiem Feld verstreut wird.« Bei beiden Maßnahmen hatte sie ihre oberhessische Familie vor Augen, mit der sie seit der Jahrhundertwende unversöhnlich zerstritten war. Sie fühlte, daß ihr Tod die allerletzte Gelegenheit sein würde, ihren Brüdern eins auszuwischen und wollte keinen Fehler machen. Was wäre den Herren wohl peinlicher: wenn sich die Schwester ein für allemal von ihnen lossagte, oder wenn sie beim Spaziergang mit dem Dackel beständig an ihrem Grabstein vorbeikämen? Inzwischen aber waren die Brüder gestorben, beide hatten den hundertsten Geburtstag nur knapp verfehlt. Übrig blieb nur der Neffe, nun auch schon ein älterer Herr, dessen blondes Haar bei fortschreitendem Alter immer gelber geworden war und nun zwischen Butter- und Safrangelb schimmerte.

Der Neffe war bereit, allen Zwist zu begraben, wenn ihm ein bestimmter Brillantring übergeben wurde. Überhaupt betrachtete er den Familienstreit eher als Erbstück; er selbst hatte der Tante nicht viel vorzuwerfen. Lange Zeit hatte er ihre Wohnung in der Stadt sogar als Absteigequartier benutzt. Seine nordafrikanischen Freunde verehrten die Tante; Feste wurden gefeiert, auf dem Sofatisch lagen marokkanische Lederportemonnaies als Weihnachtsgeschenk. Für den Neffen wurde das Quartier schwierig, seitdem er dort beständig piccolotrinkende frühere Freunde zu Füßen seiner Tante vorfand. Zum Zerwürfnis kam es, als der Neffe den Verdacht faßte, der bewußte Brillantring werde eines Tages nach Marokko wandern. Aber zur Zeit des hundertsten Geburtstags der Baronin hatte auch dieser Streit an Körper verloren. Der Ring war dick mit Pflastern umwickelt, sonst hätte er sich auf dem fleischlosen Finger nicht mehr halten können. Sie erwog sein Schicksal zwar noch täglich, konnte aber nun erst recht zu keinem Ergebnis mehr gelangen. Das wichtigste schien ihr, sich bis zum Schluß alle Optionen offenzuhalten.

Als kleiner Junge hatte ich der Baronin ihre Briefe vorgelesen und die Konservendosen geöffnet. Ich war sehr bewegt, als ich erfuhr, daß sie mich dazu bestimmt hatte, ihren Nachlaß zu ordnen, ein ehrenvolles Amt, das denn auch fast ausschließlich aus der Ehre bestand, denn der ganze Haushalt mit seinen Lampen, über denen seidene Tücher hingen, seinen Fotografien, Wappenstühlen, dem Klappbett, den hundert Paar Schuhen in Kindergröße und den durchgesessenen Sofas war schon bei ihrer Übersiedlung in das katholische Asyl zerstreut worden. Immerhin kam der Beerdigungsunternehmer, den sie selbst beauftragt hatte, mit seinem Urnenkatalog zu mir und beriet den Aufwand der Bestattung. Die Krankenkasse bezahle dreitausend Mark für eine Beerdigung, sagte der Unternehmer, der für seinen Besuch eine schwarze Krawatte angelegt hatte. Er legte mir Listen vor, in denen die einzelnen Leistungen seines Hauses genau beschrieben und beziffert waren; mit allen Nebenkosten, Steuern, Aufschlägen und Sonderbeträgen kamen für eine Beerdigung, die gerade über einem stummen Verscharren lag, zweitausendvierhundertachtundfünfzig Mark heraus. »Wir haben also durchaus noch etwas Spielraum«, sagte der Mann und sah mich höflich, aber auch erwartungsvoll an. Zugleich öffnete er den Urnenkatalog.

In meiner Vorstellung verband sich der Begriff der Urne mit den hohen Marmorvasen, die in französischen Parks die Balustraden der Freitreppen schmücken. Als ich dann die Pappkartons in den Wahllokalen sah, die gleichfalls den Namen Urne beanspruchten, verlor die Vorstellung der Demokratie in meinen Augen viel von ihrem Glanz. Die Gefäße in dem Urnenkatalog des Beerdigungsunternehmers gaben mir endgültig einen Begriff von der dämonischen Fähigkeit der Zeit, Namen von den einstmals bezeichneten Gegenständen zu lösen und sie ganz anderen Gegenständen anzuhängen. Die Behältnisse aus dem Katalog hatte ich in ähnlicher Form vorher in den Geschenkabteilungen der Kaffeegeschäfte gesehen: gehämmerte Kupferbüchsen für Kaffeebohnen, aus Tropenhölzern gedrechselte, flammend gemaserte Töpfe für Pfeifentabak, fatal archaisierende, fleckig glasierte Tischpapierkörbe aus Ton, eine zylindrische, elektrische Kaffeemühle aus grauem Kunststoff. Das letzte Modell bezeichnete der Unternehmer als »das günstigste«. – »Ich habe es meiner Kalkulation zugrunde gelegt.«

Die Baronin war wie eine Großmutter zu mir gewesen. Wie einen Erwachsenen hatte sie mich schon frühzeitig an all ihren düsteren Überlegungen teilnehmen lassen. Es war mir bald klar, daß sie nicht ihr ganzes Leben auf dem Sofa sitzend verbracht hatte. Das Händeschütteln bei der Zarin war keineswegs der einzige Höhepunkt ihrer Erinnerung. Es schien mir vielmehr, als sei der Tisch ihres Lebens eine Weile beinahe zu reichlich gedeckt gewesen: Zu viele Männer auf einmal, um einen davon festhalten zu können, zu viele Begabungen, um sich zu entscheiden, welche davon man entwickeln solle, zu viele Einladungen, um nicht ständig in dem quälenden Gefühl zu leben, die falsche zu- und die richtige abgesagt zu haben. Aus diesem Lebenstrubel, der sie natürlich nicht in Oberhessen, sondern in Berlin in heftiger Bewegung gehalten hatte, erwachte sie nach dem Zweiten Weltkrieg benommen und verstimmt. Ein Kater befiel sie; nichts von dem, was sie erlebt hatte, wollte ihr nun noch schön oder angenehm vorgekommen sein.

»Ich sollte Opernsängerin werden, die Stimme war eine Sensation! Und kaum daß ich einen Gesangslehrer hatte, brach der Krieg aus. Ich habe immer gesagt: Wenn ich etwas nicht bekommen soll, dann bricht ein Krieg aus.«

Erst nach ihrem Tod habe ich nachgerechnet, welcher Krieg wohl ihre Pläne zerstört haben mochte. Bei Ausbruch des zweiten Krieges war sie schon über fünfzig, bei Ausbruch des ersten über dreißig Jahre, recht alt für den Beginn einer Laufbahn als Sängerin. Vielleicht hatte sie trotzdem recht, wenn sie sich betrogen fühlte. Fünfzig Jahre hatte ihr Leben gedauert, so sagte sie sich, und weitere fünfzig Jahre mußte sie damit zubringen, dieses Stück mit seinen abgebrochenen Handlungssträngen zu betrachten.

Aber sie ließ sich nicht gehen. Im Herrenstoffkostüm, mit kleinem Strohhut und großer Sonnenbrille, weitausgeschnittener rosa Perlonbluse und staubiger Stoffkamelie am Aufschlag bewegte sie sich gerade und langsam durch die Straßen unseres Viertels. Fast jede Woche fand sie neue Freunde. An der Ampel legte sie ohne weiteres die blaugeäderte weiche Hand auf den Arm eines neben ihr Wartenden und sagte: »Würden

Sie mir helfen? Ich bin fast blind.« Das war oft der Anfang zahlreicher Besuche, ein neuer Vasall war berufen worden.

Ich war fest entschlossen, die Asche der Baronin nicht in den günstigen Plastikbehälter füllen zu lassen, aber auch nicht in die Pfeifentabaksdose, in den Tischpapierkorb oder in die Kaffeebüchse. Die Weise, wie diese Behälter präsentiert waren, ließ Übles ahnen. Neben jeder Urne stand ein Gesteck aus Spinnen-Chrysanthemen und lila Astern. Diese Arrangements nahmen durch ihre Ehrlichkeit ein, verbargen aber nicht, daß die Urnen in Wirklichkeit gewiß nicht edler wirken würden. Der Unternehmer bemerkte meine Entschlußlosigkeit und suchte in seiner Mappe. »Wir haben noch etwas ganz Besonderes im Angebot«, sagte er dann und zeigte mir eine Fotografie, die nicht im Katalog enthalten war. »Marmor«, sagte der Unternehmer, »unser Klassiker für die gehobene Bestattung. Das drückt sich allerdings dann auch im Preis aus.«

Die Baronin hatte fast nichts gegessen. Eine kleine Dose Erbsen reichte bei ihr für drei Tage. Die Herrenstoffkostüme waren unzerstörbar, neue Kleider mußten nicht mehr angeschafft werden. Auf diese Weise gelang es ihr, von der winzigen Sozialrente zu sparen. Für Gäste stand immer eine Flasche Sekt kalt; sie gab gute Trinkgelder nach allen Seiten, und sie brauchte nur auszugehen, um im Palmengarten die Enten zu füttern oder um sich das Vergnügen zu bereiten, ein weiteres Paar Schuhe zu kaufen – alles andere wurde ihr bereitwillig ins Haus gebracht, sogar die Heilige Kommunion. Die Marmorurne war ebenso scheußlich wie die anderen Aschentöpfe, sie hatte zwei lächerlich kleine Messingringe an den Seiten, an denen man sie unmöglich hätte heben können, und schon auf dem Bild sah sie wie aus grauer Schmierseife zusammengebacken aus. Sie stamme aus Carrara, sagte der Unternehmer andächtig und tatsächlich besaß sie etwas von dem leeren italienischen Friedhofspomp, dessen kalte Häßlichkeit immerhin keine Trauerweiden – und Stiefmütterchen-Besinnlichkeit aufkommen läßt. Ich war phantasielos genug zu glauben, ich müsse zwischen den angebotenen Modellen wählen; ein geistesgegenwärtigerer Mensch hätte sich wahrscheinlich noch anderswo umgesehen. Die Marmorurne kostete fünfhundert Mark; ich empfand den Preis als schicksalhaften Wink. »Sie haben ein solides Stück gewählt«, sagte der Unternehmer, als wolle er mich für eine Leistung loben. Ich dachte an die vielen Schuhe der Baronin und hoffte, mich in ihrem Sinne entschieden zu haben.

Das oberhessische Hügelland war dick verschneit, als ich mit meiner Mutter und der Schwester Oberin aus dem Altenasyl zur Beisetzung der Asche in das Dorf fuhr, aus dem die Baronin stammte. Die alte Nonne hatte darauf bestanden, uns zu begleiten. Sie war demütig und sanft, aber auch neugierig. Ein Leben lang hatte sie arme alte Frauen gepflegt, die in Reihengräbern begraben wurden. Wo es einen Familienfriedhof gab, gab es gewiß auch ein Schloß? Sie war Zeuge geworden, daß die Baronin über die Zukunft ihrer Asche zu keinem Entschluß gelangen konnte: Ausstreuen oder neben dem Vater begraben? Der Nonne graute ohnehin vor dem Verbrennen, das war ein heidnisches Ritual. Sie spürte vielleicht auch die Friedlosigkeit, die aus der Baronin sprach, wenn sie ihre Ausstreuung schilderte. Als die Baronin kurz vor ihrem Tod in ein Selbstgespräch versank, das keinen Einwurf von außen mehr zuließ, faßte sich die Nonne ein Herz und führte die Entscheidung herbei. Sie versprach am Telefon dem Neffen, sie werde ihm den Brillantring mitbringen, wenn er der Asche der Baronin den Familienfriedhof eröffne. Wir fuhren in engen Kurven durch das stille Land; schwarze Apfelbäume säumten die Straße, die Dörfer aus Backstein und Fachwerk wirkten feucht und verlassen. Die Schwester Oberin mußte sich zweimal erbrechen, sie vertrug die Kurven nicht. Ansonsten genoß sie die Fahrt, sie freute sich auf die Beerdigung und auf das Schloß. Wir bewunderten ihre Ruhe, denn sie erzählte mit gleichgültigem Ton, daß sie mit leeren Händen komme. Sie wisse nicht, wann sie den Ring zum letztenmal am Finger der Baronin gesehen habe. »Es kam ja oft Besuch, vor allem ein netter Herr aus Afrika. Er hat sich immer so lieb um Frau Baronin gekümmert!«

Das Dorf der Baronin war eigentlich nur ein Weiler, dem die Gebietsreform längst die Eigenständigkeit geraubt hatte. Die Häuser steckten tief im Schnee und sahen dadurch noch niedriger aus. Das Gutshaus aus Fachwerk mit Sandsteinwappen über der breiten Tür hätte auch ein stattlicher Pfarrhof sein können. Wenn die große Linde vor dem Haus belaubt war, fiel gewiß wenig Licht in die kleinen Fenster. Am Tor stand ein alter Mann mit Gummistiefeln und schwarzer Kappe. »Hier ist niemand«, sagte er, »die sind alle oben in der Villa.« Die Villa kannte ich aus den Erzählungen der Baronin. Sie war der Zankapfel zwischen den Geschwistern gewesen. Im Gutshaus lebte der eine Bruder, in der Villa der andere. So hatte es nach dem Rechtsempfinden der Baronin aber nicht sein sollen. Auf Einladungen, als Gast in die Villa zu ziehen, hatte die Baronin nicht ohne Infamie geantwortet, sie solle dort wohl ermordet werden. Jetzt bekam ich das Tudorhaus mit seiner Holzveranda also zu sehen. Es stand außerhalb des Ortes und blickte auf ein Tal mit schiefen Apfelbäumen, eine verlorene, einsame Welt. Als wir die Auffahrt herauffuhren, flogen Raubvögel auf, die im Kreis am Boden gesessen hatten. Im Schnee lagen blutige Eingeweide. Der Neffe der Baronin war ein Vogelfreund und fütterte Falken und Habichte im Winter mit Schlachthofabfällen.

Im Treppenhaus hing Kaffeeduft. Das Haus war behaglich wie ein altes Försterhaus, mit Kachelofen, Hirschgeweihen und gestickten Tischdecken. An der Wand des großen Wohnzimmers stand eine Kommode mit zwölf Schubladen, jede davon war an einer Messing-Freiherrnkrone aufzuziehen. Dort waren Kaffeetassen und Unterteller vorbereitet; daneben erhob sich grau-weiß und in seiner nichtssagenden Glätte eigentümlich bedeutungsvoll zu mir sprechend ein marmorner Topf mit kleinen Bronzegriffen. Es dauerte eine Weile, bis ich die Urne erkannte, die ich selbst ausgesucht hatte. Ich stand vor der Asche der Baronin.

Wie verhielt man sich vor einer Urne? Vor den Särgen in der Trauerhalle des Hauptfriedhofes hatte ich die Leute sich verneigen sehen, oder besser, wie sie den Kopf, als ob sie eine Kopfnuß erhalten hätten, knapp nach vorn abknicken ließen. Hier unternahm niemand etwas ähnliches. Die Trauergäste mieden nur eine allzu große Nähe zu der Kommode mit den Kronen-Griffen, als ob dort frisch gestrichen worden sei. Neun alte Damen in schwarzen Pullovern oder selten getragenen schwarzen Kostümen und festen Wanderschuhen befanden sich in lebhafter Unterhaltung. Der Neffe, der das scharfe Gelb seines Haares für den Anlaß offenbar ins Hanffarbene zu dämpfen verstanden hatte und der einen dunklen Anzug trug, welcher ahnen ließ, wie er als Abiturient ausgesehen haben mochte, stellte uns vor.

Meine Mutter, die Nonne und ich besaßen in diesem Kreis eine überraschende Exklusivität. Wir waren die einzigen, die die Baronin gekannt hatten. Die alten Damen, die von benachbarten Höfen herbeigeeilt waren, erinnerten sich nur schattenhaft an die Verwandte, einige hatten sie vor fünfzig Jahren das letzte Mal gesehen, andere vor siebzig. Gehört hatten sie nur Unerfreuliches. Daß die Baronin sich nach hundert Jahren dazu durchgerungen hatte zu sterben, versöhnte hingegen mit ihr, endlich tat sie etwas Angemessenes. Ein junges Mädchen trat ein. Sie wohnte im Herrenhaus und erzählte mir von ihrem Pferd, das Kennedy hieß. Und schließlich kam auch der Priester mit einem dicken blauen Anorak über dem Chorhemd und einer Kunstpelzmütze auf dem Kopf. Es gab kaum Katholiken in der Gegend, der Priester war beständig unterwegs, im Dorf der Baronin kannte ihn niemand. Zu allem Unpassenden war die Baronin auch noch Katholikin gewesen, immerhin nicht auf eigenen Entschluß, sondern von der Mutter her.

Der Priester setzte die Mütze ab und zeigte eine Glatze. Der blonde Neffe führte ihn zu der Kronenkommode und der Urne, er wirkte dabei sehr weltläufig. Es war, als ob die außerordentliche Herausforderung einer solchen Versammlung in ihm eine Erinnerung an souveräne Manieren geweckt habe. Während der Gebete des Priesters verhielt sich die schwarze Damengemeinde kundig distanziert. Dem Schweigen beim »Ave Maria« und der Bewegungslosigkeit während der priesterlichen Kreuzzeichen war die entschlossene Ablehnung wohl anzumerken. Es folgte der Zug zum Familienfriedhof. Der Neffe trug die Urne. Sie war so schwer, daß er sie mit durchgedrückten Armen vor den vorgewölbten Bauch halten mußte. Dahinter kam der Priester, der seinen Kopf wieder mit der Mütze schützte, und die kleine Schar der alten Damen, die sich auf derbe Spazierstöcke und Regenschirme stützten und sich beieinander eingehakt hatten. Langsam bewegten wir uns durch den hohen Schnee. Die Leere und Gestaltlosigkeit der Landschaft verschluckte die leisen Gespräche. Der Familienfriedhof wäre einem Ortsfremden völlig verborgen geblieben. Eine Schneewehe verbarg den Zaun. Die einzelnen Gräber zeichneten sich kaum als sanfte Erhebungen ab. Im Weiß stach dann ein kleines Loch mit schwarz-rotem Erdreich hervor. Das hatte der Neffe am Vormittag selbst gegraben. »Was soll ich für die zwei Spatenstiche einen Mann kommen lassen«, sagte er zu meiner Mutter.

In der Villa war inzwischen der Beerdigungskaffee gerichtet. Es gab gute Butterkuchen; die Sonne schien warm durch die Fensterscheiben. Das Mädchen setzte sich zu mir. Wir sprachen über das Pferd Kennedy und über die Großstadt. In einer Ecke sah ich den Neffen und die Schwester Oberin. Die Nonne wirkte wie immer unerschütterlich und von undurchdringlicher Harmlosigkeit, aber der Neffe hatte die Augenbrauen hochgezogen. Gemütsbewegungen zerstörten seine gute Haltung sofort, gleich mußte er anfangen, Theater zu spielen und die Nasenflügel aufzublasen. Als er das Zimmer verlassen hatte, wandte sich die Nonne wieder ihrem Butterkuchen zu. Vor der kurvenreichen Heimfahrt wollte sie etwas im Magen haben.

Meine Mutter fühlte sich wohl und sprach mit allen Gästen. Es wurde dunkel, als ich nach draußen ging, um unsere Mäntel zu suchen. Auf der Treppe traf ich den Neffen. Er trug einen kurzen Jagdpelz, auf seinen Schuhen lag Schnee. Er schnaufte vor körperlicher Anstrengung, sah aber nun, gerötet von der Kälte, wohl und zufrieden aus. »Wer hat nur die unsinnige Idee gehabt, eine derart teure Urne auszusuchen«, sagte er und sah mich durchdringend, aber nicht böse an. Er wirkte wie ein Mann, dem es geglückt ist, einer Fehlentwicklung rechtzeitig Einhalt zu gebieten.

»Meine Tante war eine schlichte, bescheidene Frau ihr ganzes Leben lang – und jetzt Marmor! Das war nicht in ihrem Sinne!« Plötzlich änderte sich seine Laune. Er fing nun doch an zu schimpfen: »Ewig hat sie uns Ärger gemacht! Es war unmöglich, mit ihr zusammenzuleben. Die niedrigsten Existenzen hat sie angezogen! Wem man bei ihr alles begegnet ist! Wußten Sie, daß es Fotos von ihr gibt – im Baby-Doll-Schlafanzug?« Er wollte mich wirklich überzeugen. »Sie hatte ja gar kein Recht, sich Baronin zu nennen! Sie war ja verheiratet! Mit einem Schauspieler aus Berlin! Sie hieß Frau Neger ... der Mann war sehr ordentlich, er hat mir einen Ring vermacht, einen großen Brillanten ...« Hier machte er eine Pause. Ich hatte das Gefühl, daß er jetzt einen Gedanken ausließ.

»So ging es jedenfalls nicht«, sagte er schließlich und klang wieder ganz ruhig und vernünftig. »Ich bin eben noch einmal am Grab gewesen. Unsern Friedhof pflege ich ja allein. Die Wahnsinnsurne habe ich wieder herausgeholt. Die Asche habe ich fein säuberlich ins Grab geschüttet, und die Urne geb ich in Zahlung. Ich will keinen Profit damit machen, sondern nur den Schaden begrenzen. Unsere ›Pietät‹ hier muß mir das Ding abnehmen.«

Die Schatten waren verschwunden, als wir zurückfuhren. Das sinkende Licht nahm der Landschaft die letzte Körperlichkeit. Die kalte Dämmerung hatte etwas Zeitloses; sie war mit der Vorstellung des Nach-Hause-Gehens so tief verbunden, daß mir vorkam, sie halte alle vergangenen Heimwege an Winterabenden in sich verborgen. Ich war naß und bis auf die Knochen durchgefroren. Ich war auf dem Bootsweiher des Palmengartens so lange Schlittschuh gelaufen, bis ich plötzlich bemerkt hatte, daß ich allein war. Das Alleinsein war köstlich, der Weg nach Hause führte durch die Welt meiner geheimsten Gedanken. Er war mir immer zu kurz: Am Straßenende sah ich schon das gelbe Licht im Erkerfenster der Baronin.

»Der Herr Baron war etwas ungehalten«, sagte die Schwester Oberin, die im Dunkeln die Kurven viel besser vertrug. »Aber sonst war es eine schöne Feier.«

HELGA IM MORGENROT

Mein Freund wollte bei mir auf dem Sofa schlafen, wenn er seinen Zug nicht mehr erreichen sollte. Dann hatte ich nichts mehr von ihm gehört und war in aller Ruhe nach einem ungestörten Abend zu Hause um Mitternacht ins Bett gegangen. Um halb vier dann ein langes Klingeln, im Treppenhaus Poltern und lautes Gelächter, und dann hörte ich eine Frauenstimme: »Wenn du mir gesagt hättest, daß du so hoch oben wohnst, dann wäre ich unten im Auto geblieben.«

Als ich mich über das Geländer beugte, sah ich eine mir unbekannte Frau im weißen Mantel in der Höhe des zweiten Stocks auf den Stufen sitzen und meinen Freund, der sich mit einer Hand langsam am Handlauf hochzog, auf der anderen Seite gestützt von einer zweiten Dame.

Man hatte sich in der Bar des Frankfurter Hofs kennengelernt. Die Bar des Frankfurter Hofs kann, wenn der letzte libanesische Handelsreisende und das letzte australische Weltreisehepaar ins Bett gegangen sind, ein melancholischer Aufenthaltsort sein. Helga und

Sonja waren ziemlich nüchtern. Sie hatten viele Stunden bei wenigen Drinks verbracht und sagten gerade allen Hoffnungen gute Nacht, als mein Freund eintraf. Da sei er schon betrunken gewesen, sagte er später.

Zwei Frauen in einer verlassenen Hotelbar.

Keine Schönheiten, Hausfrauen in den besten Jahren, die sich in der großen Stadt einen lustigen Abend machen wollten. Erwachsene Frauen, denen niemand etwas vormachen kann, die sich durch ihr Auftreten als Freundinnen zugleich aber wieder etwas Schutzbedürftiges, Vorsichtiges, erstaunlich Verjüngendes gaben. Sonja habe ich nur kurz gesehen, sie trug einen engen Pepita-Hosenanzug, der im Prospekt wahrscheinlich »frech« genannt worden war, und eine mit bunten Röschen bestickte, an slawische Trachten erinnernde Bluse; tatsächlich stammte sie aus dem damals noch sozialistischen Prag. Weißwein lehnte sie ab, der sei zu sauer für ihren Magen. Daß sie etwas am Magen hatte, konnte schon sein. Es war wohl nicht nur das Vogelnäschen, das ihrem Gesicht eine gewisse Schärfe gab. Sie betrat ohne Zögern die Wohnung wie ein Handwerker, der zerstreut am Hausherrn vorbeisieht, weil sein Blick den Sicherungskasten sucht.

Es war überhaupt nicht gemütlich bei mir. Die Unordnung, die den Abend über menschlich und belebt ausgesehen hatte, kam mir jetzt, nach drei Stunden Schlaf, öd und unharmonisch vor. Es war mir auch peinlich, daß das Zimmer nicht gelüftet war.

»Sonja trinkt nur Underberg«, sagte mein Freund, holte zwei kleine Fläschchen aus der Rocktasche und lächelte stolz, weil er eine ihrer Neigungen bereits kannte.

Während Sonja trank, übernahm Helga die Arbeit des sozialen Umgangs. Ihr gutsitzender grauer Flanellrock formte aus den weiten Flächen ihres Bauches, ihrer Hüften und ihres Hinterteils eine fest gedrechselte und geschliffene Sockelskulptur. Die glänzende graue Satinbluse lag auf ihrer Haut wie dicker Zuckerguß auf einer steifcremigen Torte. Über dem Herzen trug sie eine goldene Brosche, ein Glücksschweinchen; ich weiß noch, daß mir dieses Tier angesichts ihrer Würde etwas albern vorkam. Es war eigentlich nur das Haar, das aus ihrer soliden Erscheinung heraustach. Zunächst erschien es schwarz, bis sie sich genau vor meiner Schreibtischlampe hinsetzte und die Glühbirne ihre harten Drahtlöckchen kupferrot aufleuchten ließ. Zugleich legte sie die überraschend kleine, ihrer ganzen Natur angemessen feste Hand auf ihren Schenkel und ließ am Ringfinger zwei übereinandergesteckte Eheringe sehen.

Sonja stand plötzlich auf und sprach leise mit sich selbst: »Nehme ich nun meine Handtasche mit?« Das war eine kleine weiße Handtasche an einem langen Riemen, ein Kindergartentäschchen für ein Butterbrot und ein Papiertaschentuch.

»Eine Dame nimmt immer die Handtasche mit raus«, sagte Helga in warmem, beruhigendem Ton, schüttelte dabei aber den Kopf.

»Sonja«, rief mein Freund aus meinem Schlafzimmer. Als sie dem Ruf folgte, hielt sie noch immer unentschlossen ihr Täschchen mit beiden Händen fest.

»Ostblockschlampe«, sagte Helga, als sich die Tür geschlossen hatte.

Ich war nun also mit Helga allein. Mein Freund hat die Gabe, alles völlig selbstverständlich erscheinen zu lassen. Die gehemmtesten Menschen benehmen sich in seiner Gegenwart wie normale Menschen. Ohne ihn fühlte ich mich in meinem Morgenrock plötzlich nicht genügend bekleidet. Meine Füße vor allem kamen mir geradezu unanständig nackt vor. Helga atmete ausdrucksvoll ein und aus, allerdings nicht aus Verlegenheit, sondern in dem Bewußtsein, einer bevorstehenden Aufgabe ohne weiteres gewachsen zu sein. »Nett haben Sie es hier!« sagte sie schließlich. »Sie sind ein Individualist.«

Mit kaltem Auge betrachtet, zeichnet sich mein Arbeitszimmer vor allem durch die schwarzen schwedischen Bücherregale aus, die alles Persönliche verdrängen. Aber in Helgas Stimme lag kein Hohn. Sie wollte zunächst wohl überhaupt nichts Spezielles zum Ausdruck bringen. Wie die schöne deutliche Pause war ihr Sätzchen musikalisch aufzufassen, dem sonoren Anstreichen einer Cellosaite vergleichbar. Unser Gespräch wurde einfach durch ein angenehmes vokales Signal eröffnet. Ich wurde sofort friedlicher, obwohl ich zugeben muß, daß in meinem Versuch, in ihr volles Glas noch etwas nachzugießen, immer noch etwas Gezwungenes lag. Und so fuhr sie denn mit gesenkter Stimme und ganz nachlässig fort: »Ich nehme übrigens vierhundert Mark, aber das ist nicht auf die Stunde berechnet.«

Sie war eine erstaunliche Frau. Ich bin heute fest davon überzeugt, daß sie meine Zurückhaltung nicht nur vorhergesehen, nicht nur in Kauf genommen, sondern ganz bewußt hatte hervorlocken, ja eigentlich provozieren wollen. Sie sah jedenfalls meinen ausweichenden Reden mit dem Ausdruck gelöster Zufriedenheit zu und war kein bißchen verstimmt. »Das ist schon okay«, sagte sie genauso gelassen wie vorher. »Wir gehören ja eigentlich alle längst ins Bett.«

Ihre Art sei das sowieso nicht, dies Die-Nacht-zum-Tage-Machen. Die richtige Zeit für die Liebe sei der Nachmittag. »Entspannung nach dem Büro«, sagte sie. »Der heutige Mann kommt meist völlig verspannt aus dem Büro. Da gibt es nur eines: richtig entspannen. Sich verwöhnen lassen und dabei und dadurch dann richtig entspannen. Die meisten können sich heute gar nicht mehr entspannen!« sagte sie. Und was dann geschehe, das wisse man schließlich zur Genüge: Diese Männer, die quasi überhaupt nie mehr richtig entspannt sein könnten, was mit denen los sei, das sei schließlich bekannt. Am Ende gingen die drauf, ganz zum Schluß gingen die womöglich sogar kaputt – aber vorher! Bevor die dann draufgingen und endgültig kaputt seien, hätten die es ja oft Jahre vorher schon nicht mehr gebracht! »Und haben es sogar gewußt, daß sie schon lange nichts mehr bringen!« Das sagte sie sehr eindringlich, aber ohne dramatisches Stimmeheben oder mimische Mätzchen.

»Sehen Sie Sonja!« sagte sie. Sonja sei auch so ein Fall. So gehe es nicht und so bringe es nichts – das habe sie Sonja versucht zu sagen, seitdem das arme Ding sich hier herumtreibe. Im Ostblock herrschten komische Vorstellungen. »Die kriegen Sie aus den Köpfen aber nicht mehr raus«, sagte sie. Sie habe sich schließlich breitschlagen lassen, obwohl sie niemals so einfach losgezogen sei, und schon gar nicht zu zweit. »Wir machen jetzt ihr zuliebe manchmal die Freundinnen-Nummer«, sagte sie. In ihrer mütterlichen Sorge und der gleichzeitigen Einsicht, daß alle Mühe doch nichts fruchten werde, verbanden sich Überlegenheit mit Resignation.

Die Nacht war still und warm. Als ich ein Fenster öffnete, berührte uns ein milder Hauch, der letzte Ausläufer eines afrikanischen Wüstenwindes, der die Bäume im Hinterhof so leise schwanken ließ, daß der Eindruck entstand, nicht die schlanken Stämme, sondern das Haus sei in schiffsartiger Bewegung. Auch Helga, die in ihrem hochbeinigen Sessel saß, als sei sie in ihm festgewachsen – zugleich hingegossen und thronend –, schwieg eine Weile und überließ sich der Nachtluft. Es war jetzt eine Stimmung entstanden, in der solch eine Wortlosigkeit gar keine Verlegenheit mehr darstellte. Ich muß die Erleichterung sofort empfunden haben, denn ich hörte mich sagen: »Es ist vollkommen still; man hört nichts.«

Als ob es Trivialität in ihrer Gegenwart überhaupt geben könne! Mit Floskeln war diese Frau nicht zu unterhalten. »Was soll man denn Ihrer Meinung nach hören?« fragte sie fast ungehalten. »Solche Sachen habe ich ihr von Anfang an abgewöhnt. Für diese Dinge ist Ruhe erforderlich. Ein Mann hat ein Recht darauf, daß die Frau sich benimmt.« Leider finde man immer wieder Frauen, die das nicht wüßten. Daran hätten aber auch die Filme schuld, die immer um den Verstand gebrachte Frauen zeigten. Da dächten dann viele, das müsse im Leben auch so sein.

»Das Gegenteil ist richtig«, sagte Helga. Man müsse lernen, sich zu konzentrieren. Daran fehle es natürlich den jungen Leuten. »Auch ich habe lernen müssen«, sagte sie und sah mir offen in die Augen.

Ich sah das alles ein, aber ich sagte dennoch: »Wir hören nichts, weil die beiden längst eingeschlafen sind.« Helga nahm diesen Einwand ganz ernst und hob den Zeigefinger der Hand mit den Witwenringen, um ihn nachdrücklich zurückzuweisen. »Wenn Ihr Freund eingeschlafen wäre, dann wäre sie längst wieder hier. Sonja ist schlaflos. Und Sie sollten Ihren Freund nicht unterschätzen!« Gewiß, er habe getrunken, aber er scheine auch etwas zu vertragen. Der Kellner werde sofort unverschämt, wenn er glaube, sich das leisten zu können. »Auf einmal hat er getan, als wären wir eben erst gekommen«, sagte sie. Vorher habe er immer versucht, sie zu weiteren Bestellungen zu nötigen.

Helga geriet ins Anekdotische, ohne daß eine ihrer kurz angerissenen Geschichten um ihrer selbst willen und zur bloßen Unterhaltung erzählt worden wäre. Es ging immer um Kämpfe, von denen sie manche gewonnen, andere aber verloren hatte, alles ohne Klagetöne und ganz auf die Zukunft bezogen. »So wird's gemacht!« sagte sie hin und wieder, und das war zugleich ein Resümee ihrer Erlebnisse und eine Devise für den täglichen Neubeginn.

Ich sah sie an, während sie scheinbar selbstvergessen plauderte, und ich merkte, daß sie mich immer mehr zu sich hinüberzog. Ich begann, gleichsam in sie hineinzuschlüpfen, die Welt unwillkürlich mit ihren ziemlich kleinen, aus perlmuttfarbenen Schatten sogar etwas stechend herausguckenden Augen anzusehen, und ich glaubte ihren Wesenskern wirklich entdeckt zu haben, eine Art von Tapferkeit und Anstand, und ich hielt es für wahrscheinlich, ja, eigentlich sogar für sicher, daß sie Männer grundsätzlich gern hatte, gern in ihrer Gesellschaft war und aus ihrer Kenntnis der Männer keine Verbitterung oder aber ein Gefühl der Herablassung hatte werden lassen. Wie ein großes Ei lag sie vor mir in dem hochbeinigen Sessel – vielleicht kam mir dies für eine Frau ungewöhnliche Bild in den Sinn, weil ihre Hände jetzt locker gefaltet in ihrem Schoß ruhten und ihrer ganzen Erscheinung das Runde, Harmonische, Friedliche dieser schönsten Naturform gaben, vielleicht auch, weil ich an die Konsistenz eines elastisch festen Eiweißes unter leicht splitternder Schale dachte.

Sonderbar, daß ich dann später, wenn ich allen möglichen Leuten von ihr erzählte, oft in einen ironischen Tonfall verfiel. Meine Erzählung von ihr gipfelte dann immer in der Pointe vom Kaffeekochen.

Zu den vielen Andeutungen nämlich, die Helga mir über ihr Leben und seine tägliche Mühsal gemacht hatte, gehörte auch die praktische Seite ihrer Berufsmoral: Sie schaue nicht auf die Uhr, sie bemühe sich, auf ihre Besucher einzugehen, und dann sagte sie: »Ich bin auch grundsätzlich bereit, den Besuch bei einer Tasse Kaffee ausklingen zu lassen.«

Ich verfuhr mit diesem Stoff nach dem Vorbild der Emser Depesche, indem ich nämlich die meisten Sätze wegließ, das Stimmungshafte verschwieg, und es dann auf einmal so aussah, als habe mir Helga als Höhepunkt der mit ihr zu erlebenden Wonnen eine Tasse Kaffee in Aussicht gestellt. In Wirklichkeit hatte ich sie schon richtig verstanden.

Helga war kein Fliegengewicht. Das Wort Skulptur ist gefallen, das bereits vom Klang her etwas Glockenhaftes, Gewichtiges, Ganzes ankündigt. Ein großer Erzähler schildert einmal die Annäherung einer Dame an einen Gymnasiasten als Bewegung eines »glühenden Gletschers«. Bei Helga kam mir zwar weder das Glühende noch auch der kalbende Eisberg in den Sinn, überhaupt keine Zerrissenheit der Sensationen, sehr wohl aber die Naturgewalt, die der zitierte Erzähler da beschwört, nur eben eine stillere, einem breiten Fluß vergleichbar, oder noch besser, der Erde selbst, der still den Weltuntergang abwartenden Erde. So, wie ich sie sah und hörte, war ein Mißverständnis gar nicht möglich. Nach einem Besuch bei ihr war der Mann in einem Zustand, daß er eine starke Tasse Kaffee dringend nötig hatte – und weil sie wußte, wie sie wirkte, und weil sie zu ihrem Wissen die Großzügigkeit der Macht besaß, bot sie diese Tasse dann eben auch an.

Jetzt hörten wir Wasserplatschen aus dem Badezimmer. »Was soll denn das um diese Zeit«, sagte Helga und sah mit strengem Blick auf ihre kleine Uhr. »Sie kann genausogut zu Hause duschen.« Ich schlug vor, Sonja ein frisches Handtuch ins Bad zu reichen, aber davon wollte Helga nichts wissen: »Bei einem Junggesellen darf man keine Wäsche verbrauchen!« Und dann stand mein Freund auf der Schwelle, im Schlafanzug und mit einer Decke unterm Arm, ein Mensch der reinen Gegenwart. Sowie er sich einer Aufgabe entledigt hat, schreitet er sofort und ohne zurückzublicken zur nächsten. Jetzt wollte er schlafen. Mit diesem einzigen Ziel vor Augen begann er die Bücherstapel von meinem Sofa zu räumen.

Diese Geschäftigkeit ließ den Abschied von Helga leider etwas formlos geraten. Dennoch fand sie die Ruhe, in ihrer Handtasche zu suchen und eine kleine

Karte neben die leere Weinflasche zu legen. »H. Simick« stand darauf, »Kosmetische Beratung«, dazu die Telefonnummer. Sonja stand im dunklen Flur. Sie wollte nicht mehr hereinkommen.

»Gute Nacht«, sagte Helga und fügte nach einem Blick auf meinen augenblicklich eingeschlafenen Freund mit rücksichtsvoll gedämpfter Stimme hinzu: »Wir machen dann auch mal einen Termin.«

GEEBIZETT

»Geebizett«, sagte Detlev auf meine Frage, was auf dieser Rolle sei. Es war die Arlesienne-Suite von Georges Bizet und auf dem Etikett der alten Rolle stand: G. Bizet. Der Punkt hinter dem G auf dem vergilbten Zettel war leicht verblaßt. Das Gespräch fand statt, als ich ihn nach zwei Jahren in Berlin wiedertraf.

Detlev trug einen dunkelblauen Matrosenanzug, dessen dicker Stoff dort, wo der Kragen auseinandersprang, seinen Hals besonders dünn und nackt erscheinen ließ. Er war der einzige Junge, den ich jemals in einem solchen Anzug gesehen hatte, denn die Zeit, in der man begann, seine Kinder nostalgisch zu verkleiden, war noch längst nicht angebrochen. Sein weißblondes Haar wuchs um den Scheitel herum in normaler Länge, war aber an den Ohren und am Hinterkopf abrasiert. Schläge wie Donnerkeile, ebenso heftig und unerwartet, von der Hand seines Vaters trafen nicht selten diese Stelle. Dr. Hubert Dehmann schlich sich dann von hinten an seinen Sohn heran, hob seine Hand und schlug mit einer Kraft, die ein Kaninchen getötet hätte. Ich begriff wohl, daß Detlev sich nach einem solchen Schlag wie ein Äffchen auf den Boden hockte und vor Schreck und Schmerz bittere Tränen weinte, aber ich war immer wieder verblüfft, wie schnell er wieder aufstand und mit dem für ihn bezeichnenden listigen Kichern auf einem Bein herumhüpfte, als habe er vergessen, daß es gerade sein Übermut war, der das Strafgericht herausgefordert hatte. Wenn er über seine Strafen berichtete, lachte er dabei leise. Ich liebte diese Erzählungen, die er mit gedämpfter, fast flüsternder Stimme vorbrachte, und hörte sie mit angenehmem Grauen. Zu Herrn Dr. Dehmann aber hielt ich stets vorsichtigen Abstand, denn ich fürchtete, daß ihm unwillkürlich ein seinem Sohn zugedachter, aufgesparter Schlag aus den Händen fallen und mich mit ganzer Gewalt treffen könne.

Dr. Hubert Dehmann war Repetitor für die Studenten der Technischen Hochschule. Seine Mutter lebte weit von ihm entfernt. In seinen Beschreibungen glich sie einer alten Königin, denn sie hielt das Steuer der von ihrem Mann gegründeten Emaillefabrik fest in den Händen. Der Abstand zwischen dem Fabrikanten und der Ware, die er herstellt, war aber nicht größer vorzustellen als bei der Mutter Dehmann und den emaillierten Waschschüsseln, Spülschüsseln, Kartoffelsieben mit blauem Rand und Kakao- und Milchbechern, auf denen kleine Bilder zu sehen waren. Die Mutter Dehmann fand morgens, wenn sie im schwarzen Seidenkleid mit einer Gemme am Stehbündchen die Treppe herunterkam, die Post ihres Sohnes auf einem Tablett vor, das ein ausgesägter und bemalter kleiner schwarzer Hotelpage hielt. Dann setzte sie sich an einen mit rieselnder Spitze bedeckten Tisch und bat um ihre Patience-Karten, mit denen sie manche ordnende Stunde verbrachte. Währenddessen wurde drüben im Emaillierwerk fleißig emailliert. Sie hörte die vielfältigen Arbeitsgeräusche würdevoll an und hob nur manchmal unwillig das Haupt, wenn die Geräusche sich für kurze Zeit in Lärm zu verwandeln drohten. Das Emaillierwerk stellte nur Gegenstände her, die für den Gebrauch der armen Leute bestimmt waren. In Farben und Formen entsprachen die Becher, Töpfe und Schüsseln dem, was der Großvater Detlevs wohl zu recht für den Geschmack der armen Leute gehalten hatte, denn es bestand eine gewisse Nachfrage nach seinen Produkten, bevor dann die Sturmflut des Kunststoffs alles hinwegfegte. Seine Witwe hatte sich daran gewöhnt, das Unternehmen als eine Art Wohltätigkeitsinstitut zu begreifen, obwohl es über lange Zeit einen schönen Gewinn erbracht hatte.

Warum stand Dr. Hubert Dehmann seiner verwitweten Mutter nicht bei der Leitung der Fabrik zur Seite? Jeden Tag kam ein Brief von ihm und lag auf dem Tablett des kleinen Negers, das nur am Sonntag leer blieb, wenn gar keine Post gebracht wurde. Warum hatte er die Villa verlassen, um Repetitor in der Großstadt zu werden? Er betrat sie jedenfalls erst wieder, als die langjährige Pflegerin seiner Mutter, Fräulein Herta, ihn anrief und ihm sagte, daß es zu Ende gehe.

Als Dr. Dehmann eintraf, begegnete er dem Arzt auf der Treppe, der ihm verlegen die Hand schüttelte und zu ihm sagte: »Es ist besser so.« Dann ging er mit entschiedenem Schritt am heulenden Fräulein Herta vorbei in das Kleine Wohnzimmer, öffnete eine Kommodenschublade und nahm einen großen Pappkarton, dessen Deckel mit dem fiktiven Portrait Mozarts geschmückt war, heraus. Als er ihn aufmachte, fand er darin alle seine Briefe nach Datum geordnet vor. Nur der letzte, der von heute, lag noch draußen auf dem Tablett des Negers. Dr. Hubert Dehmann fügte ihn dort ein, wo er hingehörte, und ging dann in die Küche, wo Fräulein Herta auf dem Kohlenherd Kaffee kochte.

Er wies sie an, eine der Klappen zu öffnen und guckte mit ihr in das weiße Feuer. Dann nahm er Bündel um Bündel aus dem Karton und warf sie in die Glut. Als der Karton leer war, machte er die Ofenklappe wieder zu und verzog den Mund, als ekle er sich vor etwas. Darauf ging er in das Große Wohnzimmer, wohin ihm das Fräulein Herta auch den Kaffee brachte.

Im Großen Wohnzimmer entschied er, welche Teile des Mobiliars in seine Wohnung gebracht werden sollten, welche anderen Personen überlassen werden würden, und welche im Haus, das er in Zukunft als Landhaus zu nutzen gedachte, bleiben könnte. Villa und Fabrik lagen nämlich am Waldrand und hätten von weitem wie ein großer Gutshof ausgesehen, wenn der mit Ziegelsteinmustern verzierte hohe Schornstein nicht gewesen wäre.

Unter den für seine städtische Wohnung bestimmten Möbeln befand sich ein sogenannter Salon – zwei Glasvitrinen, vier Stühle und einen kleinen hohen Tisch enthaltend –, drei Kleiderschränke, ein großes Nußbaumbuffet und der ausgesägte Mohr. Der eigentümlich geformte Flügel sollte im Haus zurückbleiben, weil er zu groß für die Etagenwohnung war. So kam es, daß ich dieses Möbel erst sah, als die Familie Dehmann nach Berlin gezogen war. Zum Schutz der neuen Möbel wurden strenge Regeln erlassen, die nicht nur deshalb schwer einzuhalten waren, weil es so viele gab, sondern auch, weil sie sich teilweise widersprachen. So war es verboten, sich einem Möbelstück auf eine Distanz von weniger als einem Meter zu nähern, ein Gesetz, das Dr. Dehmann erlassen hatte. Zugleich übertrug Frau Dr. Dehmann – vielfach kam in den fünfziger Jahren der Doktortitel des Mannes auch seiner Frau zugute – dem kleinen Detlev die Aufgabe, die Möbel täglich mit einem weichen Tuch zu behandeln, wobei er zwangsläufig den Bannmeter überschreiten mußte.

So stand ich eines Tages, als ich Detlev besuchte, im Großen Wohnzimmer – es gab in der Etagenwohnung ebenso wie in der Villa ein Großes und ein Kleines Wohnzimmer – und betrachtete die hölzerne Uhr, die gleich die volle Stunde schlagen sollte, und zwar die Stunde, in der Dr. Dehmann üblicherweise von seinen Pflichten zurückkehrte, während Detlev mit seinem Tuch im Kleinen Wohnzimmer arbeitete. Wie immer begann die Uhr vor dem Schlagen laut und ziemlich lang zu schnarren. Nun brach das Schnarren ab, die Uhr war einen Atemzug lang still und dann begannen ihre Glockenschläge und ein verzweifeltes Wehgeschrei aus dem Nebenzimmer. Detlev hatte von hinten seine drei Kopfnüsse erhalten.

Ich ging neugierig in das Kleine Wohnzimmer und sah ihn auf dem Boden hocken und sich den Hinterkopf reiben. Vor ihm stand der zornsprühende Dr. Dehmann. Frau Dr. Dehmann und ihre Tochter Rosmarie, beide in schönen neuen Kleidern, hatten der Züchtigung beigewohnt und sagten jetzt mehrfach: »Man darf sich halt nicht erwischen lassen!«

Seit der Erbschaft ging es heiterer, ja, hochgemuter zu im Hause Dehmann. Mutter und Tochter erlaubten sich manche Anschaffung, an die vorher nicht zu denken gewesen war. Es war eng geworden auf der Etage mit den neuen Sachen, die aus der Villa eintrafen. In der Wohnung breitete sich die festliche Stimmung eines mit Geschenken überfüllten Weihnachtszimmers aus, zu der auch gerade die häufigen Abstrafungen des kleinen Detlev beitrugen, weil zu Weihnachten eben auch die Rute gehört. Die Drohung, die jetzt ebenfalls häufig zu hören war, daß nämlich der kleine Detlev, wenn er jede Besserung hartnäckig verweigere, das Klavierspielen lernen müsse, klang allerdings für niemanden besonders wahrscheinlich. Wo sollte denn der Flügel aus der Villa noch aufgestellt werden? Es war ja für die gußeiserne Nähmaschine kaum noch Platz gefunden worden.

Vorbei war es allerdings mit den Spielen, die ich mit Detlev und Rosmarie gespielt hatte, mit dem Verstekken in der unübersichtlichen, geräumigen Wohnung, mit den Höhlen – und Zeltbauten, in denen wir lange Nachmittage saßen und der Behauptung Rosmaries zuhörten, sie trage wegen der großen Hitze mit ausdrücklicher Erlaubnis ihrer Mutter keine Unterhose. Immer verriet uns Detlev, der durch das Sitzen im Dunkeln und durch die Reden, die wir dabei führten, in ein Gelächter hineingeriet, das ihn fast zerriß. Wenn ihn seine Mutter dann an einem nackten Bein aus dem Zelt herauszog, war er von der Anstrengung des Lachens noch dunkelrot im Gesicht, so daß die Ohrfeigen, die sie ihm gab, seine Wangen gar nicht mehr verfärben konnten. Seine Fähigkeit, immer neue Prügel zu ertragen, bestaunte ich um so mehr, als ich jedem, der mir in dieser Hinsicht zu nahe trat, Rache schwor und nicht bereit war zu vergessen. Auch die schlimmen Aussichten, die ihm beständig eröffnet wurden, und zwar auf den Entzug des Abendessens, auf das Wegschließen der liebsten Spielzeuge, auf das Verbot, seine Freunde zu besuchen oder sie bei sich zu sehen, konnten seinen freundlichen Gleichmut und seine Neigung zu Späßen nicht beeinträchtigen. Nur wenn man ihn mit dem einzigen neckte, von dem er hoffen durfte, daß es nicht wahr werde, nämlich mit dem Klavierspielen, geriet er in rasenden Zorn. Er stampfte mit dem Fuß auf und versuchte sogar, Rosmarie oder mich zu schlagen und zu beißen, was natürlich gar nicht gut für ihn ausgehen konnte, weil unser Wehgeschrei schnell die Engel herbeirief, die ihm für seine Ausfälle gaben, was er verdiente.

»Detlev hat so feine schlanke Hände«, sagte beim Essen mit gefährlicher Anerkennung Frau Dr. Dehmann. »Detlev, zeig mal die Hände und spreize sie, damit ich sehen kann, welche Spannweite die Hand hat«, fuhr dann Dr. Dehmann fort und tauschte mit seiner Frau einen Blick. Rosmarie hielt sich schon die Hand vor den Mund, um ihr Glucksen zu verbergen. »Mein Gott, das ist doch wirklich schade«, sagte Frau Dr. Dehmann, als sehe sie die Hand ihres Sohnes zum ersten Mal, als strecke er sie ihr nur noch mühevoll beherrscht nicht zum hundertsten Mal entgegen. »Solch eine Hand ist selten«, sagte Dr. Dehmann, »damit könnte er mindestens zehn Tasten greifen.« Frau Dr. Dehmann antwortete: »Ja, da fällt mir ein, wir haben in der Villa doch den schönen Flügel. Der steht dort nur herum, bei den Pianistenhänden von Detlev ist das geradezu eine Sünde.« Rosmarie konnte jetzt ihr Gelächter nicht mehr zurückhalten und rief: »Der Detlev muß Klavier spielen!«

Wenn es soweit gekommen war, konnte sich auch Detlev nicht mehr halten. Die Tränen schossen ihm in die Augen und er trat mit ganzer Kraft gegen Rosmaries Schienbein. Sie schrie noch, als er längst gezüchtigt und beschimpft in seinem Zimmer eingesperrt worden war. Wir Zurückbleibenden gerieten langsam wieder in die gute Stimmung von Menschen, die zwar wissen, daß es bedauerlich ist, die böse Tat bestrafen zu müssen, die danach aber alles tun wollen, um sich den schönen Abend durch solche Zwischenfälle nicht verderben zu lassen. So erinnere ich mich gerade nach Detlevs Wutanfällen an besonders heitere und gelöste Tischrunden mit Halma und Rommée, bei denen Dr. Hubert Dehmann glänzend gelaunt verlieren konnte.

Eines Tages traf bei Dehmanns eine Frau ein, die Tante Jakoba genannt wurde. Sie war die Schwester der Frau Dr. Dehmann und hatte bisher auf dem elterlichen Bauernhof in der Eifel gelebt. Tante Jakoba brachte ihr Gepäck, zu dem auch ein Spankorb mit Preßkopf und Blutwurstkonserven gehörte, in das Mansardenstockwerk des Mietshauses und bezog sich dort selbst das Bett, ohne sich dabei etwas zu denken. Sie wollte Niemandem Arbeit machen, denn sie war gerufen worden, um zu helfen. Die Familie Dehmann zog um.

Die Möglichkeiten, die sich aus der Erbschaft ergaben, machten Dr. Hubert Dehmann so viel Mut, daß er glaubte, nun endlich die ökonomische Basis seiner

Existenz vergrößern zu können. Er belebte alte Verbindungen und machte lange Fahrten mit der Eisenbahn. Schließlich war alles vorbereitet. Einem Umzug nach Berlin stand nichts mehr im Wege. Tante Jakoba sollte nach dem Willen ihrer Schwester den Ortswechsel als beständige Hilfe mitvollziehen.

Sofort nach ihrer Ankunft wurde sie mit Putzen und Einpacken beschäftigt, während Frau Dr. Dehmann Möbelkataloge ansah. Herr Dr. Dehmann hatte eine Villa gemietet, die doppelt so groß wie die elterliche auf dem Fabrikgelände war. Erst hatte man zu viele Möbel besessen, jetzt waren es zu wenige. Die alte Villa mußte also endgültig ausgeräumt werden. Es war der ahnungslosen Tante Jakoba vorbehalten, dem kleinen Detlev diese Nachricht zu überbringen. Ganz aufgeregt sagte sie zu ihm: »Denk mal, jetzt kommt auch der große Flügel aus der Villa mit nach Berlin!« Detlevs Blick wurde dunkel bei dieser Nachricht. Die große Ader auf der Stirn trat vor. Er begann, eine tiefe Verachtung für Tante Jakoba zu empfinden, die sich des Vergnügens, ihn zu reizen, nicht hatte entschlagen können, obwohl ihr Leben bei Dehmanns doch auch nicht gerade leicht war. Erst als er erfuhr, daß es stimmte, daß das, was Tante Jakoba »den Flügel« nannte, tatsächlich nach Berlin geschafft werden sollte, ging seine Abneigung gegen Tante Jakoba wieder zurück. An ihre Stelle trat das Entsetzen, daß nun wahr werden könnte, wovon so viel gesprochen worden war.

Vor ihrem Umzug reiste die Familie Dehmann, natürlich mit Ausnahme von Tante Jakoba, nach San Remo. Sie wohnten in einem alten, großen Hotel und genossen die Herrlichkeiten der Riviera: den Blumen-korso, die Strandpromenade und die großen Autos vor der Spielbank. Detlev war nicht so braun wie Rosmarie, aber das lag nicht nur an den gelegentlichen Stubenar-resten, sondern auch an seiner Anlage zur Hellhäutig-keit. Alle Mitglieder der Familie waren zufrieden, auch Tante Jakoba, der man einen Fransenschal zum Um-hängen als Geschenk mitgebracht hatte.

Nun stand auch der Umzug unmittelbar bevor. Die heiter-aufregenden Tage rissen nicht ab. Trotzdem fand ich Gelegenheit, Detlev zu besuchen und mit ihm zwi-schen den Kisten in seinem Zimmer Schwarzer Peter zu spielen. Aus irgendeinem Grund war ich verstimmt und wollte Detlev ärgern, als er die Karten mischte. Ich sagte deshalb: »Du kannst ja den ganzen Packen mit ei-ner Hand greifen! Was für eine riesige Spannweite du hast. Du wärst sicher ein guter Klavierspieler.« Dabei behielt ich die Tür im Auge, um vor seinem Zornaus-bruch schnell in das Kleine Wohnzimmer entkommen zu können. Detlev aber blieb ganz lieb und sanft. Bald begann ich mich zu langweilen und ging nach Haus. Am nächsten Tag kamen die Lastwagen und brach-ten die Familie Dehmann nach Berlin. Es dauerte zwei Jahre, bis ich den kleinen Detlev, seine Eltern, seine große Schwester und Tante Jakoba wiedersah.

Kinder sind keine treuen Freunde. Kaum war Det-lev mir aus den Augen, da war er auch schon halb ver-gessen. Ich schrieb ihm keinen einzigen Brief, und auch er schickte mir nur noch eine Postkarte zu mei-nem Geburtstag, der allerdings gerade drei Wochen nach dem Umzug lag. Auf der Ebene der Erwachsenen sah es allerdings nicht anders aus. Bei Gelegenheit sol-

cher Umzüge in der Nachbarschaft wird oft davon gesprochen, daß man sich unbedingt besuchen müsse,
ohne daß man sich viel dabei denkt. Frau Dr. Dehmann
gab sich aber noch eine Weile Mühe, mit meiner Mutter zu korrespondieren. Es war für sie natürlich nicht
so leicht wie für ihren Mann und die Kinder, sofort
neue Bekanntschaften zu machen. In ihren Briefen beschrieb sie die Lage der Familie auf das Verlockendste;
es schien ihr zu ihrem Glück nur zu fehlen, daß meine
Mutter sich durch den Augenschein von der glänzenden Verbesserung ihrer Lebensumstände überzeugte.
Das war nicht das richtige Mittel, um meine Mutter
nach Berlin zu locken. Nach menschlichem Ermessen
war es sicher, daß wir die Familie Dehmann niemals
wiedersahen.

Zwei Jahre später fuhren wir dann doch auf einmal nach Berlin. Es »ergab sich so«, es »ließ sich mit
etwas in Verbindung bringen«, das sind die Erklärungen für diese Reise, an die ich mich erinnere. Auf der
Fahrt erzählte ich meiner Mutter, was mir aus Detlevs
Leben alles wieder einfiel. Ich hatte inzwischen begonnen, Dickens zu lesen und wußte nun über das traurige
Leben, das unschuldige kleine Jungen führen mußten,
viel besser Bescheid.

Als wir dann eintrafen, traute ich meinen Augen
nicht. Der kleine Detlev lebte in einem Palast. Es gab
einen Rosengarten, es gab Sandsteinportale und Kristallscheiben, es gab mehrere Salons im Parterre, einer
davon mit frei stehenden Säulen. Es gab Speiseaufzüge,
eine große Küche im Souterrain und eine kleine Küche neben dem Eßzimmer und es gab viele Badezimmer
mit Lilienkacheln und telephonhörerartigen Riesen

brausen. In dem über zwei Stockwerke gehenden Treppenhaus aber stand jener schwarze Flügel, auf dessen Notenpult eine Ausgabe von Chopins »Berceuses« lag. Weitere offensichtlich häufig gebrauchte Notenhefte waren auf einem Stuhl, der neben dem Klavierhocker stand, aufgestapelt. Dort saß wahrscheinlich einmal in der Woche der Klavierlehrer. Ich ging an der Hand meiner Mutter durch alle Räume und hörte den Erklärungen des Dr. Dehmann zu, der zu jedem Detail etwas zu sagen wußte. Detlev war heiter. Es war ein sonniger Tag. Er trug ein weites weißes Hemd und plötzlich, als er lachen mußte, hob der Vater die schwere Hand und fuhr ihm freundlich durch das Haar.

Vor der Villa stand ein Auto mit großen schwarzen Kotflügeln. Wir setzen uns alle hinein und fuhren durch die breiten Straßen. Dr. Dehmann erklärte uns den Kurfürstendamm und die Kaiser-Wilhelm-Gedächtniskirche. Lang hielten wir uns am Funkturm auf, wo meine Mutter und Herr und Frau Dr. Dehmann Kaffe tranken, während die Kinder den schönen Turm anguckten. Durch den Zoologischen Garten durfte uns Detlev führen. Er kannte die Namen der Tiere und wußte etwa, wie ich mich erinnere, daß ein bestimmter Eisbär »Harry« und ein Gnu »Piefke« hieß. Dr. Hubert Dehmann sah ihn voll Wohlgefallen an und wies meine Mutter hin und wieder auf angenehme Züge und kleine Leistungen seines Sohnes hin. Meine Mutter suchte dann unsicher und zweifelnd meinen Blick und hielt mich fester an der Hand. Wir waren verwirrt und wagten nicht einmal im Badezimmer laut zu sprechen, wo meine Mutter mir für das Abendessen die Haare bürstete.

Beim Abendessen sahen die Rosen in das Eßzimmerfenster herein. Die Gardinen bewegten sich im warmen Wind. Das gebrochene Licht hatte noch genügend Kraft, so daß man kein Licht anmachen mußte, und legte zugleich über alles einen Schleier, der Frau Dr. Dehmann beinahe vornehm, Herrn Dr. Dehmann gütig und Rosmarie und Detlev zart und hübsch aussehen ließ. Es gab aufgeschnittene gekochte Eier, frische Gurken, Schnittlauch mit Quark, die Erwachsenen tranken ein Glas Rheinwein und die Kinder Milch. Der Salon mit den freistehenden Säulen war schon dämmrig, als Tante Jakoba aus der Küche erschien und den Tisch abräumte, und Dr. Dehmann die Tischgesellschaft dorthin bat, um noch etwas zusammenzusitzen. Wenn es gefalle, werde Detlev auf dem Flügel etwas vortragen.

Wir setzten uns in tiefe Sessel. Detlev ging in seinen kurzen Hosen ganz allein durch das große Zimmer, öffnete die Tür zum Treppenhaus, deren Klinke in Höhe seiner Augen lag, und machte sie weit auf. Draußen schaltete er ein kleines Licht an. Dann verschwand er hinter dem nur zum kleineren Teil von unseren Sesseln aus wahrnehmbaren Flügel.

Plötzlich rauschten draußen in der Halle präludierende Akkorde auf, mit souveräner Hand, nein, mit zwei solchen kräftigen Händen spielerisch dem mächtigen Instrument entlockt, um ihm eine ungleich intensivere und gewaltigere Behandlung für die allernächste Zeit in Aussicht zu stellen. Meine Neugier wuchs.

Am Nachmittag hatte mir Detlev einen hohen Wandschrank in der Nähe des Flügels aufgeschlossen. Dort waren etwa hundert Papierrollen in schwarzen, länglichen Kästen aufbewahrt. Vorn auf der Schmalseite dieser Kästen stand ein Komponistenname und eine Komposition, außerdem oft auch ein Interpretenname – zum Beispiel Rosenthal oder Paderewski –, und wenn man den Kasten aufklappte, dann sah man das feste pergamenthafte Papier, das vielfach und unregelmäßig durchlöchert war wie die Lochstreifen aus der Frühzeit der Telegraphie, nur daß die Rollen eben viel breiter als solche Lochstreifen waren. Natürlich wollte ich sofort wissen, was man mit diesen Rollen machte, aber dazu war keine Gelegenheit gewesen. Als Detlev die Stimme seines Vaters aus dem Nebenzimmer hörte, schloß er den Schrank sofort wieder zu.

Also war das jetzt wohl die Gelegenheit, die Rollen in Benutzung zu sehen. Ich rutschte aus meinem Sessel heraus, um Detlev durch das Zimmer in die Halle zu folgen. »Bleib schön hier«, flüsterte mir Dr. Hubert Dehmann aber zu und zeigte lächelnd wieder auf den Sessel. »Detlev hat sich etwas Schwieriges vorgenommen und muß sich konzentrieren. Da wollen wir ihn nicht stören.«

Ich bin selten von einer hausmusikalischen Darbietung tiefer beeindruckt worden. Jeder Ton, der aus der schwacherleuchteten Halle zu uns in das dunkle Zimmer drang, war mir lange unvergeßlich. Wie zwanzig Riesen, die ihre langen Beine in eigentümlich schlenderndem Gleichtakt schleudern, kam eine Melodie daher, die an südeuropäische Folklore erinnert hätte, wenn in kleinen Abwandlungen des Themas nicht immer wieder dissonante Passagen angeklungen wären, die auf artistischen Ehrgeiz des Komponisten schließen ließen. Mein Gott, was besaß der Spieler für eine linke Hand! Sie gab dem basso ostinato im Gegensatz zu der machtvoll schlendernden Melodie die Gewalt rhythmischer Hammerschläge, die ins Bewußtsein riefen, daß es sich bei diesem Teil des Stücks trotz seines synkopischen Themas um einen regelrechten Marsch handelte. Schlagartig veränderte sich jedoch die Szene, die vor meinem inneren Auge ablief, als wie weggeblasen die fensterglaserschütternde Macht des Klangs verschwand und flötengleich das Marschthema gleichsam quinquillierend wiederkehrte. Aus den Riesen war nun ein einzelner Hirtenknabe geworden, der sich auf einer blühenden Wiese eins pfeift. Zierlich übte sich die rechte Hand in ihren Läufen, während das ostinato fast unhörbar geworden war. Als das Thema samt seiner zart dissonanten Abwandlung an sein Ende gelangt war, geleiteten kecke kleine Hornsignale – so übersetzte ich mir die entsprechenden Tonfolgen – und verträumt tänzerische Motivchen den Hörer gleichsam auf einen Sessel, wo er den zwingend zu erwartenden Neubeginn des Themas abpassen konnte. Und es war gut, daß er saß, denn kaum war diese säuselnde und sanfte Passage verklungen, da traten auch mit aller alten Gewalt die schlendernden Riesen wieder auf den Plan und ließen die Landstraße unter ihren nachlässigen, aber gleichzeitigen Tritten erzittern. Das ostinato aber war womöglich noch kräftiger und zwingender geworden.

Ich hatte jetzt die Rollen in dem Wandschrank völlig vergessen. Es war jetzt Detlev, der seine Hand immer wieder hochwarf und mit einer Gewalt, die ich seinem hühnerbeinartigen Ärmchen niemals zugetraut hätte, wieder auf die Tasten niederschmettern ließ. Aus dem eindrucksvollsten, mein Herz ganz fesselnden Donner heraus ereignete sich nun wieder in der für diese Komposition offenbar bezeichnenden Liebe zur Überraschung ein Wetterwechsel. In den letzten Takten des großen Themas verwandelten sich unversehens die Riesen in Elfen und der Schluß des ersten Teils klang wie auf gläsernen Zehenspitzen über die Tasten hinweggetanzt, nicht ohne daß über diese pirouettierenden Luftgeister ein Regen von sonnenglitzerndem Blütenstaub kaskadenartig in Gestalt perlender Kadenzen niedergefallen wäre.

Und nun hielt die Musik den Atem an, ohne eigentlich zu pausieren. Die linke Hand machte ein rhythmisches Geräusch, das sowohl den alten Rhythmus fortführte, als auch etwas noch Neues, noch Werdendes ankündigte, wie auf dem Theater nach dem Fall des Vorhangs das Pumpeln und Rumpeln auf der verhängten Bühne dem entzückten Publikum die Umbauten des Szenenwechsels ankündigt. Aus diesen Geräuschen entwickelten sich stumpf klopfende Töne, wie von der flachen Hand auf einem Tamburin erzeugt. Flamencoartige Tanzschritte bereiteten sich vor – und wieder eine Täuschung in dieser an Täuschungen reichen Musik. Nicht Spaniens Stimme, sondern Afrika wurde beschworen: die endlose Tonfolge, mit der die Schlangenbeschwörer ihr Gewürm aus den Körben locken, zu der schläfrige Frauen, die noch nie das Tageslicht gesehen haben, unendlich langsam ihren Nabel kreisen lassen, die in den Kaffeehäusern von Alexandria und Tunis nüchterne europäische Geschäftsleute demoralisiert und sie zu Opiumessern macht. Es war die körperlose Musik von Tausendundeiner Nacht, deren Melodien man nie wirklich zu fassen bekommt, die aber, sowie sie erklingt, die Erinnerung an das Weihnachtsmärchen im Stadttheater, wie es damals noch zu sehen war, wach werden läßt. Was wir aus der Halle geboten bekamen, war allerdings die elegante, städtisch-geschmeidige Form einer solchen Musik, zu Papier gebracht von einem Liebhaber, der nicht ihrem Kulturkreis angehörte. Ich glaubte zu schweben. Der kleine Detlev wurde in meinen Augen zu einem zauberisch begabten Wunderknaben von viel höherer Beschaffenheit als mein eigenes alltägliches Wesen.

Auf einmal sah ich, wie Frau Dr. Dehmann ihren nur noch schattenhaft sichtbaren Mann anstieß und auf das leere Glas meiner andächtig lauschenden Mutter zeigte. Dr. Dehmann stand auf und ging auf Zehenspitzen durch das musikdurchflutete Zimmer, um eine neue Flasche zu holen. Das Thema war seinem Ende nahegekommen. Ein flamencohafter Rhythmus beherrschte jetzt wieder die Stimmung. Ich stand leise auf und verließ den Salon. Es war jetzt so dunkel, daß man das nicht mehr bemerkte.

Im Nu stand ich in der Halle, wo zwei Wandleuchter dem kleinen Detlev bei seiner Arbeit Licht spendeten. Er hatte ein angestrengtes Gesicht. Seine Stirnader trat vor und seine Ohren standen, so kam mir vor, weiter als sonst von dem rasierten Kopf ab.

Detlev hielt sich mit beiden Händen an einem Messinggriff fest. Beide Füße bewegten in gleichmäßigem Auf und Ab ein großes Pedal. In der Mitte über den Tasten war eine Klappe geöffnet. Dort drehte sich langsam die hundertfach durchlöcherte Papierrolle im Tempo der Pedalbewegungen. Etwas Geisterhaftes war der Anblick der Tastatur, die von unsichtbaren Händen gespielt wurde. Die Tasten senkten sich zu zwein, zu drein, zu fünfen, ohne sehen zu lassen, welche Macht das von ihnen verlangte.

Detlev sah mich an. Die Konzentration ließ sein Gesicht melancholisch erscheinen. Dann aber veränderte sich sein Ausdruck. Er wurde noch blasser, als er war. Seine Füße versagten ihm plötzlich den Dienst. Die Musik hörte auf. Ich drehte mich um und sah in die Richtung, in die er blickte. Dort stand in der geöffneten Kellertür Dr. Hubert Dehmann mit eingefrorenem Gesicht und hielt eine Flasche Rheinwein in der Hand wie eine Keule.

FRAU BENESCH

Ich weiß, daß ich eine einzige Vorliebe hatte. Das waren stundenlange Gespräche mit einer der Frauen, die in bestimmten Abständen ins Haus kamen, um meiner Mutter zu helfen. Jede machte irgend etwas streng Abgegrenztes: die eine nähte, die andere flickte, die dritte putzte. Während der Arbeit flossen ihre leichten, gestaltlosen Reden aus ihren Mündern. Ich mußte nur ganz zarte Anstöße geben, um diese Monologe anzuregen, die mich in kurzer Zeit einlullten wie einen Polarforscher, der in der kalten Wüste, von Schneeschauern umkreist, unbeweglich in seinem Zelt liegt und wartet. Dieser leise Gesang umwickelte mich mit einem nicht abreißenden Band aus Ansichten, Erlebnissen, Meinungen, die ich sofort wieder vergaß, in die aber ein starker, unsichtbarer Faden hineingewebt war, der mich an meine Sirenen und ihren einsamen Felsen, unsere blanke Küche, viele Nachmittage lang fesselte.

Wenn sie Kaffee tranken, um neue Kräfte zu sammeln, setzten sie sich stets seitwärts auf einen Küchenstuhl und deuteten so die Flüchtigkeit ihrer Rast an. Genauso saßen sie bei den Gesprächen mit meiner Mutter, die ihrer Arbeit entweder vorangingen oder sie abschlossen. Das waren von beiden Seiten mit halber Stimme geführte Gespräche, die ausnahmslos häusliche Katastrophen, schwere Schicksalsschläge in der nächsten Umgebung und entstellende Krankheiten zum Gegenstand hatten. Mir war oft, als kämen diese Frauen im wesentlichen um dieser Augenblicke willen zu uns, als bildeten ihre Beschäftigungen bei uns nur einen Vorwand für die gedämpften Konferenzen, von denen ich nicht unbedingt ausgeschlossen war, die in meiner Gegenwart aber immer in Andeutungen und Verschlüsselungen geführt wurden. Verließ ich das Zimmer, so erhoben sich die Stimmen und beeilten sich, die Zeit des Ungestörtseins für Mitteilungen von größerer Deutlichkeit zu nutzen. Kehrte ich zurück, so sanken sie herab, verstummten, Blicke flogen hin und her, die Köpfe wurden geschüttelt, ungläubig ein Wort in fragendem Tonfall gesprochen, darauf entsetzt abwehrendes Mienenspiel inszeniert, schließlich wieder betroffenes Schweigen. »Na, jetzt wird es auch wieder Zeit für mich«, sagte dann die Frau, sammelte dann ihre Handtasche, eine Plastiktüte und ein Einkaufsnetz voller Zeitschriften auf und erhob sich, um meiner vor ihr stehenden Muttter lang und mit einem innigen Ausdruck die Hand zu schütteln.

Die erste dieser Frauen, die »Sie« zu mir sagte, lernte ich an dem Tag kennen, an dem sie sich mit meiner Mutter verabredete, ihr von nun an einmal in der Woche beim Bügeln zu helfen. Auch sie saß seitwärts auf dem Küchenstuhl, als ich hereinkam, nach einem langen, leeren Schulvormittag bis zur Verdrossenheit gelangweilt und durch die weiblichen Stimmen aus der Küche mit neuerwachter Aufmerksamkeit angezogen. »Das ist mein Sohn«, sagte meine Mutter. Die Frau stand auf und gab mir ihre weiche und kühle Hand. »Grüß Gott, ich bin die Frau Benesch«, sagte sie in süddeutschem Tonfall. Sie war zwischen dreißig und vierzig Jahren alt, nicht groß, mit sehr weiblichem, fülligem Körper in einem steifen Pepitakostüm. Sie war blaß, hatte graue Augen, eine kleine gebogene Nase und einen Herzkirschenmund. Ich fand, daß sie sehr hübsch aussah.

»Kommen sie aus Münchera« fragte ich, und meine Mutter rief: »Aber nein, das ist eine richtige Wienerin!« Frau Benesch lächelte mit bescheidenem Stolz. Obwohl mir das Wort »Wien« nur undeutliche Assoziationen von Türken und Mozartkugeln hervorrief, wußte ich, daß diese Stadt eine Institution war, deren Glanz auf jeden ihrer Bürger und namentlich auf die Wienerinnen ausstrahlte.

»Frau Benesch wird mir jetzt manchmal helfen«, sagte meine Mutter. »Ach Gott, helfen«, sagte Frau Benesch. »Vor allem müssen Sie sich jetzt erst einmal selbst helfen«, sagte meine Mutter. »Sprechen Sie mit ihm darüber! Sagen Sie ihm, daß es so nicht weitergeht!« – »Ich laß doch nicht auf mir rumtrampeln!« sagte Frau Benesch mit zitternder Stimme. Sie seufzte tief und bückte sich mit Mühe nach ihrer großen weißen Handtasche. Dann ging sie langsam hinaus und drehte sich nicht mehr um.

An einem dunklen Winternachmittag, draußen blaue Kälte, in der Küche helles, gelbes Licht, sitze ich auf der Heizung und wende der frostigen Welt, die durch das

Fenster zu sehen ist, den Rücken zu. Vor mir schlägt Frau Benesch mehrere dicke Decken, die zu einem Bündel zusammengelegt sind, auseinander und breitet ein weißes Tuch über diese Lagen, um sich einen Bügeltisch vorzubereiten. Auf dem Boden stehen die weißen Emailleeimer mit der eingesprengten, Stück für Stück in Pakete gerollten Wäsche. Ihre Hände streichen das Tuch in alle Richtungen glatt. Eine Strähne ist ihr in die Stirn gefallen. Sie hebt den Kopf und ordnet ihr Haar. Sie kriegt schwer Luft.

Sie sagt: »Was es doch für Menschen gibt. Ich möchte nicht undankbar sein. Das ist nicht meine Art. Auch nicht nachtragend – wirklich nicht. Aber heute die Post ...«

In der Post war ein Brief für sie. Sie hat die Schrift gleich erkannt. Der Umschlag war gewendet und hat unerhört schäbig ausgesehen. Ihr Mann, das heißt, ihr ehemaliger Mann hat geschrieben, vielmehr nicht geschrieben. Nicht ein einziges Wort von ihm hat der Brief enthalten, sondern eine Rechnung des Malermeisters, der zuletzt noch, bevor sie die gemeinsame Wohnung – wahrhaftig nicht freiwillig! – verlassen sollte, Flur und Bad frisch gestrichen, beziehungsweise tapeziert hat. Eine »unnötige Verwendung«, wie ihr Mann anläßlich des Sühnetermins in einer Lautstärke gesagt hat, die nicht sehr fein war, aber, wie sich nun zeigte, seinem wahren Charakter entsprach. Dabei sei er es gewesen, der immer über die Flecken im Badezimmer geklagt habe, sein Auftrag sei es gewesen, endlich einen Maler zu bestellen, was sie nur deshalb nicht sofort befolgte, weil sie an die gemeinsame Kasse habe denken müssen.

»Es war ja nie Geld da.« Sie ließ das Bügeleisen sinken, ihr Kopf fiel voll Trauer auf ihre Schulter und sie fuhr nach einem kleinen erschöpften Schweigen fort: »Ich habe den Flur gleich mitmachen lassen. Das war mein Fehler. Jetzt bin ich dran.«

Sie wird ihm das übrigens nicht vorhalten. Sie wird einfach zahlen, obwohl sie das eigentlich gar nicht kann. Er hat sich noch nie gefragt, wie sie das eigentlich macht. »Wir kennen uns ja schon aus Gemunden«, sagt Frau Benesch, atmet und läßt das Bügeleisen sinken. Um uns ist der zarte Duft von feuchtem Leinen, der reinlich ist und die Zähne stumpf macht, wenn man sich vorstellt, man müsse auf diesen Stoff beißen.

»In Gemunden war Frühling. Daran denke ich gern zurück.« Gemunden ist ein Paradies für Spaziergänger. Man kann von der Seepromenade aus losgehen. Alles blüht. Dann kommt man am Schloß vorbei, »Das gehört dem Cumberland« – sie spricht den Namen deutsch aus –, und dann kommt man an eine Stelle, wo mehrere Wirtschaften sind, solche für Kuchen und auch einen Kaffee, aber auch solche für Herren, die nach so einem Spaziergang lieber etwas Kräftigeres wollen – »Dagegen habe ich gar nichts. Aber für mich ist das Bier nichts, wegen meiner Medikamente. Ich trinke dann eine Limonade, das erfrischt!«

Ich spüre, wie sehr sie der Erfrischung bedürftig ist, wenn sie den langen Weg am Seeufer auf den nicht mehr ganz neuen, sorgfältig weiß geputzten, engen Schuhen mit Pfennigabsätzen unter gelegentlichen tiefatmenden Pausen zurückgelegt hat. Eine Strähne ist ihr vor Anstrengung in die Stirn gefallen, wenn sie die Betontreppe zum Café »Gemundener Hof« überwunden hat. Bevor sie nach einem freien Fleckchen Ausschau halten kann, muß sie sich sammeln und das Haar ordnen. Langsam geht auch die Röte aus ihren Wangen zurück. Aber die Leute sitzen so eng zusammen, daß es schwer ist, sich zur Balustrade vorzukämpfen, ohne die böse Kellnerin und andere Herrschaften, die ihre Jause verzehren, zu stören. Im Eckchen hinten sitzt eine Frau mit weißem Hut. Neben der wäre noch ein Stuhl frei, wenn sie die Handtasche herunternähme. Die Frau nimmt die Tasche weg, aber nicht als ob sie den Platz freigeben wolle, sondern als ob sie die Handtasche vor Frau Benesch in Sicherheit bringen müsse. Frau Benesch muß sich jetzt genau konzentrieren, damit sie der überlasteten Kellnerin ohne zeitraubendes Nachdenken ihre Bestellung sagen kann. »Bitte ein Kännchen und einen Streuselkuchen!« – »Streuselkuchen alle!« – »Einen Käsekuchen!« – »Alle!« – »Einen …« –» Nur noch Schwarzwälder Kirsch!«

Man mußte wachsam sein damals in Gemunden, aber dann konnte es auch sehr schöne Augenblicke geben. Zum Beispiel war der nette Herr, der bei ihrer Tante in Untermiete wohnte, hochmusikalisch, spielte jedes Instrument, sang und tanzte – das war sein Freund. So hat sie ihn überhaupt kennengelernt. Er hatte mit Textilien zu tun.

»Was war das für ein wunderbarer Sommer! Nach Dienst sind wir immer heraus an die Seeterrassen. Das war so eine nette Atmosphäre zu dritt. Dieser Herr, von dem ich Ihnen erzählt habe, hat dann Gitarre gespielt – was man wollte! Was wohl aus dem geworden ist?«

Eines Tages mußte er fort, und sie war auf einmal allein mit seinem Freund. Aber geheiratet wurde noch nicht in Gemunden, sondern erst später, nach seiner Versetzung. Eigentlich war es da schon nicht mehr schön. »Den anderen hätte ich nehmen sollen. Aber man war ja damals noch nicht soweit.« Sie faltet die Hemdsärmel zusammen und streicht sie langsam glatt. Vorsichtig dreht sie das Hemd herum. Eine straffe Hemdbrust wölbt sich auf dem Bügeltuch. Frau Benesch bückt sich nach ihrer Handtasche und nimmt ein winziges Taschentuch heraus, mit dem sie Oberlippe und Stirn betupft. »Es ist warm geworden«, sagt sie und stützt die nackten Arme auf den Tisch. Sie trägt einen dünnen rosa Pullover mit einem spitzen Ausschnitt, der ein bißchen von ihrem runden Busen sehen läßt. Auf der weißen Haut liegt ein dünnes goldenes Kettchen. Eine einzelne Perle hängt an diesem Kettchen, die in der Luft baumelt, wenn Frau Benesch sich nach vorn beugt. Sie rollt zwischen ihre Brüste, wenn Frau Benesch den Kopf zurücklegt, um innezuhalten und Luft zu schöpfen.

Die rosige Hand hält den Griff des Bügeleisens, das aufgerichtet mit der erhitzten Fläche zu mir gewandt steht. »Ich weiß nicht, woher die Menschen all ihre Bosheit hernehmen können«, fährt Frau Benesch fort und sieht mich nachdenklich an. Ihre neue Wohnung eröffnet ihr neue Möglichkeiten, ist aber auch Quelle eines beständigen Ärgers, wie sie ihn früher nicht gekannt hat. Sie hat endlich das Zimmer mehr, das ihr immer gefehlt hat, um es zu Messezeiten beim Fremdenverkehrsverein anzugeben. Für die drei oder vier Nächte kann sie es ohne Mühe an einen Herrn vermieten. In ihrer Lage muß sie sich etwas einfallen lassen. »Ich habe keine Angst! Bei mir ist nichts zu stehlen. Und sonst komme ich eigentlich mit jedem gut aus.«

Neulich klingelte es bei ihr. Es war an einem späten Vormittag. Sie war glücklicherweise schon aufgestanden. Draußen stand ein Herr mit dem rosa Schein des Fremdenverkehrsvereins in der Hand und wollte das Zimmer sehen. Niemand hatte es für nötig gehalten, Frau Benesch vorher zu benachrichtigen, obwohl sie ein Telephon hat legen lassen. Erst war sie ein wenig verwirrt, aber dann hat sie den Herrn, der sehr sympathisch wirkte, hereingebeten. »Es war ja nur für drei Nächte!« Aber was daraus geworden ist!

Der Herr wurde an dem Messestand seiner Firma eigentlich gar nicht gebraucht und hat sich deshalb zunächst einmal die Stadt angesehen. Er war allein da und kannte niemanden, ein solider Charakter, der nicht gern in den Wirtshäusern herumsaß. Abends kam er mit einer großen Kiste Pikkolos, die am Stand nicht getrunken worden waren, zurück zu ihr. Weil ein Gast im Haus war, hatte sie sich hübsch gemacht. »Ich bin oft so traurig und allein, daß ich mich manchmal gar nicht erst anziehe. Nicht, daß ich mich vernachlässige. Nein, ich bin immer – genau, aber das Haar, die Nägel, man macht es ja nicht für sich!«

Dann hatten sie Radiomusik gemacht, Salzstangen auf den Tisch gestellt und sich mit den Pikkolos hingesetzt. »So lange haben wir uns unterhalten. Was so ein Mann alles mitmacht. Ich habe ihn aber nicht gefragt, ob er verheiratet ist. Das geht mich ja auch nichts an, aber er ist sicher nicht immer glücklich gewesen.«

Nachher wurde es sogar noch richtig lustig. Frau Benesch konnte sich nicht erinnern, so viel gelacht zu haben. Sie rückten das Sofa zur Seite und tanzten zum Radio, und er machte seinen Chef so gut für sie nach, daß sie Seitenstechen bekam und sich gar nicht mehr beruhigen konnte. Leider mußte dieser nette Herr schon am nächsten Tag zurück nach Köln. Sein Chef hatte nun selber gemerkt, daß er ihn auf der Messe eigentlich nicht recht brauchen konnte.

Auf einmal kam Frau Benesch die Wohnung riesengroß vor. Sie stand lange mitten in ihrem unordentlichen Wohnzimmer, schob dann das dicke Sofa zurück an seinen Platz und sammelte die leeren Pikkolos ein. Wenn sie nur geahnt hätte, wie sie für diesen netten Abend bezahlen mußte! »So eine Schlechtigkeit bei Menschen«, sagte Frau Benesch tiefatmend und sah mich an. Morgens fing es mit Telephonanrufen an. Der Mann, der unter ihr wohnte, ein pensionierter Polizist, drohte und schimpfte, er habe kein Auge zugetan die ganze Nacht. Die Frau über ihr erklärte, sie werde sich bei der Hausverwaltung beschweren. Auf der Treppe hörte sie eine Frau zu einer anderen sagen: »Sie hat Herrenbesuch. Das fängt ja gut an.« Seitdem ärgern die Leute aus dem Wohnblock Frau Benesch. Sie rufen an und legen wieder auf, oder sie ermuntern ihre Kinder zum Schellenkloppen. Dann klingelt es Sturm, und wenn Frau Benesch sich vom Sofa erhoben hat, um zu öffnen, steht niemand vor der Tür. »Das habe ich jetzt von meinem kleinen Fest«, sagte Frau Benesch bitter.

Ich fühlte, sie hatte recht. Sie hatte tatsächlich ein Fest gefeiert. Was war eigentlich ein Fest? Ich ahnte so viel davon, aber ich hatte noch kein einziges erlebt. Die festlichen Augenblicke, an die ich mich erinnerte, hatten immer vor den als Fest bezeichneten Anlässen gelegen, die dann in ihrer Nüchternheit und Alltäglichkeit diesen Namen selbst nicht verdienten. Die Unordnung der Vorbereitungen, die Verstöße gegen den normalen Tagesablauf aber waren festlich und nährten eine unerhörte Hoffnung auf das Eintreten des Außerordentlichen, der gründlichen Veränderung aller Lebensumstände, und ließen mich auf eine unfaßbare Weise erhoben sein. Die Enttäuschung, die dieser Festeserwartung unweigerlich folgte, traf mich zwar bis zur schweren Verstimmung, konnte mir jedoch die Hoffnung, irgendwann einmal doch noch die Mauer zu übersteigen und an einem Fest teilzunehmen, besser noch, eines zu geben, niemals nehmen, denn ich war in dem Alter, in dem die Sehnsucht noch als Beweis für die Existenz des Ersehnten genommen wird. Um so sicherer war, daß Frau Benesch mit dem netten Herrn ein Fest gefeiert hatte. Das Sofa war verrückt worden und es gab das verlockende Bild der Fülle eines ganzen Kartons mit Pikkolos. Ich sah Frau Benesch, das weißblonde Haar mit einem Kranz wilder Rosen gehalten in einem offenen fliegenden Gewand zur Musik eines Brummkreisels.

Sie hatte gar nicht daran gedacht, daß ich noch nie an einem Fest teilgenommen hatte. Frau Benesch sprach mit mir von diesem Abend wie zu einem Kenner und führte nicht eigens aus, was in ihren Augen eine Selbstverständlichkeit darstellte. Ich fühlte, daß sie mich, sollte sie von mir erzählen, gleichfalls als »Herrn« bezeichnen würde, wie eigentlich jeden Mann, von dem sie sprach. Sie empfand ganz offensichtlich eine große Achtung vor Männern, die für mich etwas vollkommen Neues war. Meine Eltern schilderten mir immer wieder die besondere Rücksicht, die den Frauen geschuldet werde. Bei Frau Benesch kehrte sich das Verhältnis plötzlich um.

Und dann gab sie mir den schönsten Beweis für die Loyalität, die sie den Männern entgegenbrachte. Die Reihe der Heimsuchungen war durch das gemeine Betragen der Nachbarn keineswegs abgeschlossen. Es wartete noch eine weitere schwere Prüfung auf Frau Benesch. Sie überlegte sogar, ob es sich nicht um die bisher allerschwerste Prüfung ihres Lebens handelte. »Bei der Scheidung kam zu all dem Häßlichen natürlich noch das Finanzielle dazu – und trotzdem! Der Mensch hat ja auch ein Herz!« Sie war so erschüttert, daß sie Zuflucht zu verallgemeinernden Formulierungen suchte. »Der Mensch« war sie selbst, die sie, das deutete sie an, eben viel mehr Herz besaß als die Menschheit im Allgemeinen.

Eines Tages kam wieder ein Brief, diesmal in grauem Umschlag von der Polizei. »Post hat bei mir immer etwas Böses zu bedeuten.« Sie wurde zu einer Zeugenvernehmung ins Präsidium geladen. Bis sie überhaupt verstanden hatte, was man von ihr wollte! Sie kannte niemanden, der Kneifel hieß und in dem weitgehend vorgedruckten Brief, in dem der Name Kneifel mit Schreibmaschine in einen Kasten gesetzt worden war, hatte man noch ein häßliches Wort daneben geschrieben, so häßlich, daß sie es niemals aussprechen werde. In dieser Weigerung lag keine Ziererei. Frau Benesch war derart verletzt, daß ich nicht nachzufragen wagte. Kneifel war ein Mann, das erfuhr sie auf dem Präsidium, aber es war zugleich ein Unternehmen –»Agentur Kneifel«. Das Wichtigste an dieser Agentur war eine Kartei mit vielen Adressen und Telephonnummern junger Frauen und diese Kartei war beschlagnahmt worden. »Aber was habe ich damit zu tun?« fragte Frau Benesch und war, als sie mir diese Frage stellte, zwar nicht mehr so eingeschüchtert und entsetzt, wie sie es in dem kleinen Vernehmungszimmer gewesen war, aber noch ebenso empört. Die lautere Wahrheit sprach aus ihrer Entrüstung. »Wer ist Herr Kneifel«, hatte sie gefragt, »was tut seine Agentur? Was habe ich mit den jungen Frauen zu tun, die in seiner Kartei stehen?«

»Sie sind selbst eine davon«, hatte der Beamte – ein anständiger Mann im übrigen – geantwortet.

Auf den ersten Schlag folgte der zweite. Die Agentur Kneifel beschäftigte Mitarbeiter; jetzt wurde ihr klar, daß das »u. a.«, das hinter dem Namen Kneifel gestanden hatte, »und andere« hieß. Vier Namen las der Beamte Frau Benesch vor und betrachtete sie dabei. Drei hatte sie niemals gehört, aber der vierte! Der vierte war ihr nur allzu gut bekannt.

»Da muß man viel nachdenken, wenn einen so etwas trifft«, sagte Frau Benesch. »Zuerst ist man perplex. So ein solider Mensch – ein bißchen einsam, ein bißchen unglücklich, höflich, unterhaltend, wohlerzogen ...«

»Charmant« sagte sie natürlich auch, das war sie sich als Wienerin schuldig, aber sie sprach das Wort zerstreut und mit enttäuschter Miene aus und wirkte dabei plötzlich älter. »War alles nur Lüge?« Diese schreckliche Frage war auch ihr zu schrecklich. Sie wich sofort davor zurück und begann alsbald nach Entlastungsmomenten für ihren Gast aus Köln zu suchen. Zunächst durfte sie ihn nicht verurteilen, ohne ihn selbst gehört zu haben. Dann war auch gar nicht heraus, ob er wirklich ihre Adresse an Kneifels Kartei gegeben hatte.

Vielleicht war ihm sein Notizbuch gestohlen worden? Wer wußte, wozu Kneifel fähig war.

Aber wichtiger war doch, daß der Abend, das wunderschöne Fest keinen Anhaltspunkt für schlimme Verdächtigungen bot. So viel auch gesprochen und gelacht worden war, von einer Agentur und einer Kartei war keinen Augenblick die Rede gewesen. Im Nachhinein mußte Frau Benesch sogar zugeben, daß sie sich vor allem darüber wunderte, daß der Mann aus Köln sich überhaupt ihre Adresse notiert hatte. »Es waren schöne Stunden, aber man spürte doch gleich, daß er weiter mußte. Und dann hat er sich trotzdem die Adresse aufgeschrieben!« Ich sah, daß diese Überraschung noch tiefer auf sie wirkte, als die schändliche Verbindung, in die sie schuldlos geraten war.

»Im Polizeibüro habe ich mir das noch nicht alles so klargemacht«, sagte Frau Benesch. »Aber meine Antwort war trotzdem gleich die richtige. ›Kennen Sie diesen Herrn?‹ hat der Beamte gefragt. ›Nein‹, habe ich gesagt. Ich weiß nicht, ob er mir geglaubt hat. ›Sie haben keine Erklärung, wie ihr Name da hinein gekommen ist?‹ Wieder habe ich ›Nein‹ gesagt. Und wenn ich jetzt auch schwer bestraft werden sollte wegen Lügen und Meineid – ich bereue nichts!«

Es war Abend, als Frau Benesch sich seitlich auf den Küchenstuhl setzte, nachdem sie ihre Schürze abgebunden hatte, und mit vorsichtigen Schlucken eine Tasse süßen Tee austrank, bevor sie sich in die Nacht hinausbegab, um auf mühevollen Wegen – »Dreimal Umsteigen!« – ihre Wohnung wieder zu erreichen. Ich blieb in Gedanken zurück und in der Empfindung tiefer Verbundenheit mit der Erzählerin. Die Küche war noch erfüllt von ihren leisen Seufzern.

Ich aß mit meinem Bruder ein Spiegelei, ich warf einen Blick in meine bis dahin unberührt gebliebene Schultasche, ich blätterte, ohne richtig darin zu lesen, in einem Buch. Dann ging ich ins Bett und überließ mich dem Schlaf.

In dieser Zeit waren meine Nächte traumlos, aber sie waren nicht ohne Erscheinungen. Doch die Erscheinungen waren stumm und bedeutungslos. Die Nachtwelt zeigte sich mir, hatte aber keine Botschaft für mich. Auch Frau Beneschs rundes Antlitz bildete sich einmal vor meinem inneren Auge. Ihr Blick war verloren und ihr Herzmündchen stand halbgeöffnet in seufzender Erschöpfung. Das Bügeleisen hielt sie in der weichen Hand. Seine Schnur war straff gespannt, unerträglich straff gespannt und das eine ganze Weile lang, bis sich in wohltuendem Ruck der Stecker aus der Dose löste und lautlos zu Boden fiel. Das Gesicht wurde blasser und verschwand wieder. Frau Benesch ließ mich los und erlaubte mir, in die tieferen Regionen des Schlafes zu gleiten, in die sanfte Ohnmacht, in der es nichts zu sehen und nichts zu erwarten gibt.

ROSEN UND LÜGEN

Die Rosen im Blumengeschäft der Schwestern Mitzel
sahen für mich immer wie ein frisches buntes Gemüse
aus. Wenn ich zur Schule ging, stand der Lieferwagen
manchmal da; seine Seitenwand war heruntergeklappt,
man schaute auf die eng aneinander gepreßten Blüten,
die im grauen Morgenlicht als kräftige rote und gelbe
Flecken leuchteten, und davor standen die Schwestern
und berieten mit dem Fahrer, was sie nehmen sollten.
Das Geschäft war nur ein Holzhüttchen, wie es nach
dem Krieg viele in unserm Stadtteil gegeben hatte.
Dieses hier war übrig geblieben. Es lehnte sich an eine
stattliche Mauer aus verschiedenfarbigem Backstein,
hinter der eine Villa aus dem gleichen Backstein stand,
ein an eine alte Fabrik erinnerndes Gebäude, aber
wenn man das Geschäft betrat, glaubte man, daß unmittelbar hinter ihm die Glashäuser und langgestreck-
ten schmalen Beete einer Gärtnerei begännen. Der
niedrige Raum war mit Blumen derart angefüllt, daß
man sich kaum darin umdrehen konnte. Es war dämmrig, denn die dicken Sträuße ließen kaum einen Licht-

strahl hereinfallen, und es roch nach Blumenwasser und Erde.

Am meisten waren es aber die Schwestern Mitzel selbst, die den Eindruck hervorriefen, sie hätten ihre Rosen draußen auf einem Feld geschnitten und nicht aus dem Lieferwagen heraus gekauft. Zwei Bauernmädchen aus Oberhessen, mit dem schwer rollenden R ihres heimatlichen Dialekts und einem Sprachfehler, der sie das S wie ein englisches Th aussprechen ließ – sie verkauften eben keine »Rosen«, sondern »Rrothen«, und das nahm den Blumen ihre säuselnde Zartheit und gab ihnen etwas Festes und Eßbares. Beide hatten diesen Sprachfehler, aber beide hatten auch dasselbe dicke Haar, das nach der Behandlung durch den Friseur starr vom Kopf abstand und mit urwüchsiger Kraft Gegenwellen in der, mühevoll mit Chemikalien und Lockenwicklern geschaffenen, Frisur schon nach einer Nacht hervorbrachte. Beide hatten dicke fleischige Augenlider, unter denen die Augen sich oft etwas unkoordiniert wie bei einem erwachenden Säugling bewegten.

Die Schwestern Mitzel waren eineiige Zwillinge. Obwohl sie gerade gewachsen waren, hatten sie einen schiefen Gang – den geschäftigen schiefen Gang einer Bauersfrau, die mit einer Schüssel voll Körnern unter dem Arm über den Hof eilt, um die Hühner zu füttern –, die eine neigte sich nach rechts und die andere nach links. Wenn sie mir derart symmetrisch mit ihren Körpern eine Art Tor bildend auf der Straße abends entgegenkamen, war es, als dränge eine unbewußte Erinnerung ihre Schultern aufeinander zu, weil sie nach einem ursprünglichen, nicht zur Entfaltung gelangten genetischen Plan eigentlich aus einem Stück hatten bestehen sollen.

Ich war in einer schlimmen Lage, in die ich mich selber gebracht hatte. Wenn ich am nächsten Morgen nicht die Unterschrift meines Vaters oder meiner Mutter im Klassenarbeitsheft würde vorzeigen können, wollte der Lateinlehrer bei mir zu Hause anrufen. Ich wußte schon, daß es für mich keinen Weg gab, diese Unterschrift zu beschaffen. Wenn ich mir vorstellte, was geschah, wenn meine Eltern dies Heft aufschlügen, überfiel mich solches Herzklopfen, daß ich sofort an etwas anderes denken mußte, um mich zu beruhigen. Dieses geradezu mechanische Auswechseln der Gedanken hatte ich bis zur Vollendung entwickelt. Wie ein Mann, der Diapositive vorführt, tauschte ich das Bild, wie mein Vater das Lateinarbeitsheft in die Hand nahm, gegen Napoleons Einzug in Moskau aus. Der Kaiser saß auf einem Schimmel und blickte finster vor sich hin. Augenblicklich breitete sich wieder Ruhe in meiner Brust aus.

Im Untergrund blieb natürlich genügend Spannung zurück. Meine Lage war auf natürlichem Wege nicht zu lösen. Mit den geweckten Sinnen eines gehetzten Hasen sah ich auf meine Umgebung, um mir nichts Außerordentliches entgehen zu lassen, was plötzlich alles ändern konnte. Jeder Augenblick wog schwer. Es herrschte ja noch Frieden. Ich führte ja noch das Leben eines anständigen Schuljungen, der seine Aufgaben machte, sich auf seine Prüfungen ordentlich vorbereitete, infolgedessen Arbeiten mit akzeptablen Ergebnissen schrieb und der seine Lehrer und Eltern nicht anlog. Dieses Leben war durch eine unsichtbare

Mauer, die ich mit dem Verstreichen der Zeit an einem mir bloß noch unbekannten Augenblick notwendig erreichen und durchstoßen mußte, von dem faulen und unbegabten, dem verdorbenen und verlogenen Schuljungen getrennt, der ich, wie ich wußte, einerseits jetzt schon war, der ich aber in den Augen meiner Umgebung, und das hieß doch, für die Wirklichkeit, wie sie sich eben jetzt dem unbelasteten Blick darstellte, nicht war.

Ich fühlte ganz deutlich, daß ich die Schwestern Mitzel als unschuldiger und geachteter Schüler auf ganz andere Weise betrachtete, als ich sie ansehen würde, wenn alles herausgekommen war. Sie kamen mir in ihrem eigentümlichen Gang entgegen, wie sie das schon hundert Mal getan hatten, und ich hatte das Recht diese Eigentümlichkeiten sachlich zu studieren und festzuhalten. Wie lange würde ich dieses Recht noch haben?

Die Schwestern Mitzel waren Zwillinge. Ihre Ähnlichkeit war erklärlich. Schwerer zu fassen waren diejenigen ihrer Eigenschaften, die sich nicht glichen. Man weiß, daß es auch bei Zwillingen eine Rolle spielt, wer von beiden zuerst ans Tageslicht gelangt. Ein paar Minuten Unterschied lassen auch hier ein älteres und ein jüngeres Geschwister entstehen. Bei den Schwestern Mitzel war nach kurzem jedem klar, wer die ältere und wer die jüngere war, aber aus dem gesamten Eindruck nun die einzelnen entscheidenden Bestandteile zu lösen, die dieses Urteil möglich machten, das wäre schon schwieriger gewesen. Man mußte die Schwestern zusammen vor sich sehen, um sie auseinanderhalten zu können. Sofort erschien die ältere als die gröbere. Es war vielleicht nur eine Frage von Millimetern oder von noch weniger, einer unterschiedlichen Durchblutung, einer anderen Zusammensetzung der Körpersäfte, hier dickflüssig und dort feinwässrig. Wenn man sich zwei kräftige gesunde Kühe in ihrer Körperpracht vorstellt, und sich die eine davon weiß und in ihrer Schwere dennoch zart denkt, mit dem reinlichsten Rosa um die Nase herum, mit Augenkugeln, deren Blick bis in das Innere der Seele dringt, mit langen Wimpern und feinen Haaren auf den Ohren, so daß man sie unwillkürlich ein »schönes Tier« nennen muß, dann kommt man der sonst unerklärlichen Empfindung vielleicht ein bißchen näher, die die jüngere Schwester Mitzel, wenn sie sich in Gesellschaft der älteren befand, bei vielen Leuten auslöste: Sie war dann nicht nur die zartere, feinere, hübschere von beiden, sondern sie war dann plötzlich, während sie mit dem Kneipchen Blumenstiele beschnitt und ihr Daumen immer schmutziger und von immer mehr Schnittspuren durchzogen wurde, eine flämische Madonnenschönheit.

Ich hatte viel Gelegenheit, mich in Gedanken an die jüngere Schwester Mitzel zu vertiefen. Je abwegiger der Tagtraum, desto nützlicher war er, desto gründlicher lenkte er ab. Der Schein des aufrichtigen und fleißigen Schülers, den ich zu Hause noch eben aufrecht hielt, war in der Schule schon halb verloren. Die Lateinstunden verliefen jetzt niemals ohne Peinlichkeit. Mein Lehrer war enttäuscht von mir, und er ließ keinen Zweifel an seinen Empfindungen. Er war überhaupt ein enttäuschter Mensch. Im Krieg war er verwundet worden. Er hinkte, aber das hinderte ihn nicht daran, riesige Wanderungen zu unternehmen. An der Schule gab es mehrere Lehrer, die wohlhabende Frauen geheiratet hatten, eine Ärztin, eine Fabrikantentochter, eine Hausbesitzerin. Sie besaßen schöne Autos und trugen gelegentlich einen neuen Anzug. Mein Latein-Lehrer schenkte solchem Aufwand nur einen bitteren Seitenblick. Daß neuerdings viele Leute sich leisten konnten, in Massenquartieren und auf Campingplätzen am Mittelmeer Ferien zu machen, verführte ihn zu einem Übungssatz, den er in seiner hübschen Schrift an die Tafel schrieb: Ancilla villam in Sicilia possidet – Die Magd hat eine Villa in Sizilien. Dafür war er nicht in den Krieg gezogen und verwundet worden.

Wenn wir an den vorgeschriebenen Tagen in die Umgebung zum Wandern geführt wurden, hatte er manchmal ein Akkordeon dabei. Er war ein großer Mann mit langen Beinen, bei solchen Gelegenheiten trug er Knickerbocker, und er war mit seinem Instrument wie verschmolzen. Er zog es weit auseinander und blickte dabei mit einem wehen Zug um den Mund um sich. Er sei immer der Dumme gewesen, sagte sein Gesicht, während er die Lieder der Jugendbewegung spielte. Nun stehe er hier als letzter im Wald und spiele die schönen alten Lieder, und damit werde er wieder der Dumme sein.

Die Enttäuschung eines solchen Mannes, der im Enttäuschtsein und im Ausdruck des Enttäuschtseins solche Übung besaß, war eine wirkliche Last. Wenn er mich mit dem hoffnungslosen grauen Blick des verratenen und betrogenen kleinen Soldaten ansah, dann konnte ich zwar in Schuljungenmanier aufsässig oder verständnislos zurückgucken, aber ich fühlte mich immer unwohler. Zugleich tat ich nichts, um meine Lage erträglicher zu machen. Ich gab keine richtigen Antworten mehr und war dazu auch gar nicht imstande, denn ich war nun überhaupt nie mehr vorbereitet. Ich fühlte, daß eine Gefahr sich näherte. Ich wollte jetzt nur noch abwarten, was passierte. Erst wenn dies ungewisse Ereignis überwunden war, würde ich mich wieder rühren können.

Anderswo lief das Leben weiter, ja, mir kam vor, als sehe ich jetzt erst richtig, woraus das Leben der anderen, der Unbelasteten eigentlich bestand. Im Hinterzimmer der Schwestern Mitzel, gerade nur einer Besenkammer mit Platz für einen Hocker und einen schmalen Klapptisch, auf dem ein Tauchsieder stand, hatte schon mehrfach ein junger Mann gesessen, wenn ich für meine Eltern Blumen abholte. Die Schwestern Mitzel strahlten. Sie beschäftigten sich mit den Kunden nur, soweit es nötig war. Man merkte, daß sie für jede Frage, was man wünsche, von einem Olymp der Heiterkeit in eintönige Ebenen absteigen mußten. Und sobald dann feststand, welche Blumen genommen werden sollten und der Strauß gebunden wurde, wandten sie sich wieder dem von einem Vorhang halb verdeckten Hinterstübchen zu, ordneten die Blumen schnell und ohne groß hinzusehen und warfen dem Mann, von dem ich erst nur die Hosenbeine sah, Worte zu, die allen andern im Geschäft rätselhaft bleiben mußten. »Und dann, und dann …!« rief die ältere Schwester wie im Triumph, und »Hör auf, hör auf!« sagte die jüngere, und beugte sich nach vorn, als mache das Lachen, obwohl doch nur angedeutet, ihr Bauchschmerzen.

Die Schwestern Mitzel lebten, daran war nicht zu zweifeln. In ihre beständige und gewissenhafte Pflichterfüllung war ein Fünkchen gefallen, das warm glühte und alles verschönte. Ich war noch nicht soweit, daß ich mich ganz präzis gefragt hätte, welcher der Schwestern die Aufmerksamkeit des jungen Mannes galt. Ich hatte das Gefühl, er sei zu beiden gekommen und bilde jetzt mit ihnen einen »Dreibund« – das seltsame Wort war gerade in meinem Geschichtsunterricht gefallen. Und selbst wenn ich mir jetzt im Nachhinein sagen muß, daß das Interesse des jungen Mannes wahrscheinlich der jüngeren, der schönen Schwester galt, kann mein Eindruck damals dennoch richtig gewesen sein. Gerade ein Verehrer der jüngeren Schwester konnte ja am allerwenigsten auf die ältere verzichten; erst die ältere machte ja sichtbar, was die jüngere war.

Mein Heraustreten aus diesem Leben der anderen mit seinen vielfältigen Möglichkeiten verborgener und unverborgener Lust war die unmittelbare Folge meines Entschlusses, eine mit »Vier« benotete Lateinarbeit meinen Eltern nicht zu zeigen. Dieser Entschluß war eine Folge der Eitelkeit, nicht der Furcht. Eine »Vier« war schließlich keine »Fünf«. Aber sie war natürlich etwas Jämmerliches, etwas ganz und gar Glanzloses. Ich gehörte zu der Sorte Schüler, die frühzeitig allerlei gehört und gelesen haben und deshalb gelegentlich etwas Unerwartetes, Vielversprechendes sagen können; mein Lateinlehrer belohnte solche Bemerkungen mit lautem Lob. Es war schön, einen brillanten Schüler zu haben! Nun hätte ich arbeiten müssen, nicht übertrieben viel, sondern einfach nur, was täglich aufgegeben wurde.

Die »Vier« war der unwiderlegliche Beweis des Abstiegs, zumal ihr schon eine Reihe ziemlich schwacher »Dreien« vorausgegangen waren. Eine solide »Vier«,

keine zufällige, sondern eine aufgrund deutlicher Lük-
ken gegebene, gehörte nicht zum Bild eines brillanten
Schülers. Mein Lateinlehrer ließ mich fühlen, daß er in
meinem Versagen einen Charakterfehler sah. Auch die
Mitschüler hatten nicht vergessen, daß ich vorher ge-
lobt worden war. Nur ich selbst wehrte mich noch dagegen, von der Vorstellung, die anderen mühelos über-
flügeln zu können, Abschied zu nehmen.

Meine Überlegung war die eines Spielers. Ich wollte
die Niederlage durch einen zukünftigen Erfolg auswet-
zen. Die Eltern sollten die »Vier« zusammen mit einer
»Zwei« oder »Eins« vorgezeigt bekommen. Die nächste
Arbeit würde in drei Wochen geschrieben werden. Mit
der Zeit für die Korrektur mußte ich mit Lügen nur vier
Wochen überbrücken.

Den Lateinlehrer zu belügen, fiel mir leicht und
machte auch Spaß. Meine Eltern seien verreist, sagte
ich, als er nach der Unterschrift unter der Klassenar-
beit fragte. Eine lange Reise, etwa vier Wochen, vielleicht auch länger. Das klang damals sehr ungewöhnlich. Die Leute machten damals nicht außerhalb der
Schulferien lange Reisen von unbestimmter Dauer.
Daß er mir überhaupt Glauben schenkte, verdankte
ich womöglich nur dem fatalen Anfangsruhm des Begabten – ein Kind, das soviel mitbrachte, hatte eben
Eltern, die im Herbst lange abwesend waren. Wieder
lag der Soldatentrauerblick auf mir. »Welche Jugend!«
sagte der stumme Vorwurf dieser Augen.

Es war noch früh im Herbst, und es war noch sehr
warm. Im Palmengarten gab es eine Chrysanthemen-
Ausstellung; im Musikpavillon, in dem sonst das Orchester des Parks die Ouvertüre zu »Dichter und

Bauer« oder die »Petersburger Schlittenfahrt« spielte, saß eine Jazz-Band aus einheimischen Musikern. Ihr Konzert war als »Tanz in den Herbst« auf den Litfaßsäulen angekündigt. Die Straßen waren still an einem Samstagabend. Wer zu dem Tanzfest ging, fiel auf.

Da kamen mir die Schwestern Mitzel entgegen; in der Mitte der junge Mann, dem rechts und links eine Schulter entgegenwuchs, so daß er wirklich umrahmt und hervorgehoben war. Kräftig und nicht besonders groß war der Kavalier der Schwestern Mitzel. Er trug spitze schwarze Schuhe, einen engen Pepita-Anzug und einen schmalen Lederschlips. Leute, die so etwas anhatten, nannte meine Mutter »Stenze«, aber das hätte zu dem jungen Mann nicht gepaßt, denn sein rundes gerötetes Gesicht war von solcher Gutmütigkeit, sein Lächeln drückte nichts als Harmlosigkeit und gute Laune aus, daß seinem Aufzug das Mißverständnis eines Kleinstädters zugrunde liegen mußte. Die Schwestern ahmten niemals die Sitte vieler Zwillinge nach, gleiche Sachen anzuziehen. Im Geschäft trugen sie ganz unterschiedlich gemusterte Kittelschürzen und an diesem Festabend hatten sie alles getan, um eine unterschiedliche Erscheinung zu betonen. Die ältere Schwester hatte sich noch älter gemacht in einem ihre Figur betonenden, aber bei jeder Bewegung viele Falten schlagenden Seidenkleid, das mit großen Sonnenblumen bedruckt war. Die Jüngere sah nun fast wie ein Schulmädchen aus, in einer einfachen weißen Bluse und einem dunkelblauen Rock. Sie wirkte noch zarter als sonst; die dicken Augenlider waren fast geschlossen, es war geradezu, als ließe sie sich von dem jungen Mann wie eine Blinde führen. Von fern trug der Wind ein paar Saxophon-Töne in die stille Straße, die den Sirenen eines auslaufenden Schiffes ähnelten. Würde ich jemals in solch heiterer Erwartung zu einem Fest gehen können?

Ich hatte auf die Möglichkeit gesetzt, die nächste Arbeit glänzend zu bestehen. Das war nicht ausgeschlossen, obwohl ich viel in den letzten Monaten Versäumtes hätte nachholen müssen. Drei Wochen lang täglich eine Stunde in das Lateinbuch gucken, mehr wäre wahrscheinlich gar nicht nötig gewesen. Stattdessen hörte ich nun vollständig auf zu arbeiten. Meinen Eltern sagte ich, der Lateinlehrer sei in einem Sanatorium. Das erklärte eine längere Abwesenheit, aber es war eigentlich auch schon zu dick aufgetragen. Ich verhielt mich, als seien die beiden Lügen – gegenüber dem Lehrer und gegenüber den Eltern – große Felsbrocken, die ich gelockert hatte und die nun eine weite Strecke in ein tiefes Tal rollten und dabei an Geschwindigkeit zunahmen. Ob sie in ein Wasser platschten und dann spurlos verschwunden waren, oder ob sie ein Dorf niederwalzten, das konnte nun niemand mehr, und ich zuallerletzt, beeinflussen.

Die nächste Arbeit war wieder eine »Vier«, diesmal aber mit einem »Minus«, das in Wahrheit nichts anderes als ein letztes, umso demütigenderes Zeichen der einstigen Bevorzugung war, denn genaugenommen war die Arbeit schon eine »Fünf«. Neben der Note stand mit roter Tinte: »Ich warte noch auf die Unterschrift unter der letzten Arbeit!«

Ich konnte mir jetzt ausrechnen, wann ich entlarvt werden würde. Für ein paar Tage ließ sich das noch hinauszögern, aber nicht mehr lange. Auch meine Eltern äußerten jetzt immer wieder ihre Verwunderung darüber, daß die Klasse solange ohne Lateinunterricht bleibe. Mein Vater sagte, daß er sich beim Direktor beschweren wolle. Bis jetzt war mir gelungen, beide Seiten ruhig zu halten. Nun mußte ich mit plötzlichen Vorstößen rechnen, von denen ich womöglich erst erfuhr, wenn es zu spät war.

Was fürchtete ich eigentlich? Die Zeit hatte sich geändert. Es wäre meinen Eltern nicht in den Sinn gekommen, mich so drakonisch zu bestrafen, wie sie selbst einst bestraft worden waren. Es war das Zusammenbrechen eines listig aufrechterhaltenen Scheins, das ich glaubte, kaum überleben zu können. Ich sah das aufrichtige Entsetzen, das Abgestoßensein meiner Eltern vor mir. Ich stellte mir vor, wie sie sich mit dem Lateinlehrer beraten würden. Da käme ja dann noch vieles andere zur Sprache. Zum Schluß würden sie sich gezwungen sehen, ihre Anschauungen über mich zu revidieren. Was für ein Leben stand mir danach bevor!

Wie köstlich wäre es gewesen, einfach zu sterben! Wenn man einmal hörte, daß ein Schüler starb, war das Entsetzen immer groß. Solch ein Tod deckte alles Vorhergegangene zu. Noch köstlicher wäre es, ein neues Leben zu beginnen, fern von allen, die das Recht besaßen, mich ihre Enttäuschung fühlen zu lassen. Ich wollte fliehen. Ich war bereit, meine gesamte mich bis dahin beschützt habende Welt hinter mir zu lassen.

Wenn ich mir meine neue Umgebung vorstellte und mich in meiner Phantasie in ihr einrichtete, kam ich aber niemals weiter als bis zu dem Hüttchen der Schwestern Mitzel. Wenn es mir gelang, mich über die Schwelle dieses Hüttchens zu retten, dann hatte ich den Lateinunterricht, den teils hoffnungsvollen, teils mißtrauischen Blick meiner Eltern und die unheimliche Lähmung der letzten Wochen hinter mir gelassen. Von solchen Dingen war in dem Hüttchen nichts bekannt. Dort herrschte die blanke Freude, zurückgehalten und versteckt zwar, aber zu einem ungehemmten Ausbruch bereit.

Die kleine Hütte war ein Fremdkörper in unserem inzwischen fast vollständig wiederaufgebauten Viertel. Sie bildete eine kleine Insel. Sie war niedrig und überfüllt und dunkel wie eine Höhle. Im Hinterzimmer, dem Ort, der in meiner Vorstellung die eigentliche Zuflucht darstellte, hingen an Nägeln verschiedene Arten schwarz angelaufener Scheren, ein Bündel Bastfäden, ein Packen hauchdünnes Packpapier, das an einer Ecke durchlöchert war und von dem ein Blatt einfach abgerissen wurde, wenn ein Strauß einzupacken war. So stellte ich mir Robinson Crusoes Behausung vor; alles Lebensnotwendige auf Regalen und an Haken um den Einsiedler herum versammelt. Im Hinterzimmer der Schwestern Mitzel würde ich aber kein Einsiedler sein müssen. Dort wäre ich in liebevoller Gesellschaft. Ich würde mein Leben dort mit der jüngeren, der schönen Schwester führen, wir würden im Schutz des zugezogenen Vorhangs dort leise lachen, während die ältere, die häßliche Schwester uns von draußen abschirmen und uns mit Honigbroten stärken würde.

Ich hatte mit den Schwestern Mitzel nie mehr Worte gewechselt, als nötig waren, um einen Auftrag meiner Eltern zu übermitteln. Strenggenommen kannte ich die Schwestern Mitzel überhaupt nicht. Und jetzt waren sie in meiner Not zu einer wahnhaften Zuflucht geworden. Wenn ich an sie dachte, kam es mir vor, als gehe ich dort schon längst aus und ein, als sei ich vor allem in das Hinterzimmer und seine Freuden längst eingedrungen, als koste es nun nur noch einen einzigen Schritt, um mich für immer dorthin zurückzuziehen. Der böse letzte Morgen war angebrochen, ich war ohne Unterschriften unter den beiden Klassenarbeiten in der Schule erschienen. Zunächst schien es, als werde mir noch ein Aufschub gewährt; der Lateinlehrer ließ sich wegen anderer Pflichten vertreten. Später traf ich ihn dann auf einem Flur. »Ich habe mit deinen Eltern gesprochen«, sagte er kalt. »Morgen wirst du dann die Unterschriften dabei haben.«

Ich hatte noch nie auf eigene Rechnung Blumen gekauft, denn wir wurden dazu angehalten, den Erwachsenen etwas Selbstgebasteltes zu schenken, das immer irgendwie mißraten war, gerade dadurch aber diese Mischung aus Eifer und Unvermögen verkörperte, die man bei Kindern so liebt. Meine Mutter hatte Namenstag an diesem fatalen Tag – wollte ich da etwa mit einem Strauß in der Hand erscheinen und so den ersten zu erwartenden Angriff zumindest durcheinanderbringen? Oder wollte ich wirklich die große Flucht wahrmachen und vorläufig aus dem Gesichtsfeld aller Menschen, mit denen ich es verdorben hatte, verschwinden?

Es war Mittag, als ich das Geschäft der Schwestern Mitzel betrat. Ich war sehr langsam gegangen. Als ich vor dem Laden stand, gab es nur eins: seine Tür öffnen.

Das Geschäft war leer. Einen Augenblick glaubte ich allein zu sein. Dann sah ich hinter dem Vorhang einen dunklen Körper, der sich still und unregelmäßig atmend bewegte. Da saß eine Schwester Mitzel und hatte das Gesicht in die Hände gestützt. Schlief sie? Ich ging einen Schritt näher. Sie schluchzte. Dann hob sie den Kopf.

War das die ältere oder die jüngere? Ich wußte es nicht und werde es nicht wissen. Da war das harte dicke Haar, die Kittelschürze und die roten Hände mit den schwarzen Daumen, alles was zu einer Schwester Mitzel gehörte, aber das Gesicht hätte ich niemals wiedererkannt. Es war geschwollen und seine Züge waren wie von eisernen Klammern auseinander gezerrt, eine Fratze tierischen Schmerzes, tränennaß. Erkannte sie mich? Oder waren ihre Worte gleichsam an alle Kunden gerichtet?

»Heute gibts hier nichts. Das Geschäft ist zu«, sagte sie und hielt mir ihr schreckliches Gesicht ins Licht entgegen. »Todesfall! Todesfall!«

Dieser amtlich klingende Ausdruck war, das fühlte ich, ihr einziger und letzter Schutz. Ich hätte sofort gehen sollen, das war es, was das Fräulein Mitzel wollte, aber ich blieb stehen und bewegte mich nicht. Ich wußte sofort, was geschehen war, obwohl ich die Einzelheiten erst später gehört habe. »Auf einmal guckt sie so komisch, dann fällt sie mir um, dann wirft sie mir noch die ganzen Rosen um – Gehirnschlag! Zu hoher Blutdruck! Da war alles zu spät!« Das ist, das spürt man sofort, die Sprache eines späteren Berichts, aus dem Abstand von Jahren, obwohl Fräulein Mitzel auch dann die Tränen noch nicht zurückhalten konnte.

Dieser Tod löste in mir eine große Erregung aus. Schreck und Trauer hatten aber an dieser Gemütsbewegung nur einen untergeordneten Anteil. Mir war vielmehr, als sei mir, nach vier Wochen unerträglich anwachsender Spannung jetzt ein Durchbruch in eine neue Klarheit und Reinheit gelungen. Gestern hatte ich die Schwestern Mitzel noch zusammen die Straße entlangkommen sehen. Meine Gedanken hatten einen dichten Kokon um dies Schwesternpaar gesponnen, während ich wie gelähmt unter der Glasglocke meiner Lügen lebte. Die Lösung aller Bedrückungen, die ich selbst mir auferlegt hatte, lag in diesen Schwestern und nicht in dem, was der Lateinlehrer und die Eltern taten und planten. Und nun war das Ereignis eingetreten, das ich erwartet hatte. Ich wußte eigentlich nicht, daß ich etwas erwartet hatte, vor allem nicht etwas dieser Art, aber nun war mir klar, daß alle Unruhe hierin ihre Wurzel gehabt hatte. Ich war von feierlichem Ernst erfüllt, als ich mich unserm Haus näherte. Da lag das Haus, leblos und ausdruckslos. Drinnen saßen meine Eltern und hielten sich noch mit den Nachrichten des Lateinlehrers auf. Nun aber würde alles in ein ganz anderes Licht gerückt werden.

Meine Mutter empfing mich schweigend und sah mich zutiefst unglücklich an. Das verwirrte mich gar nicht. Solche vordergründigen Verwirrungen würden nun bald vollständig gebannt sein. Mit einem düsteren Stolz im Gesicht und mit dunkler Stimme sagte ich: »Die eine Fräulein Mitzel ist tot.«

Meine Mutter stutzte. »Tot? Sie war doch noch so jung! Das ist ja fürchterlich!« sagte sie leise und zerstreut. Aber dann wandte sie sich mir wieder zu und das Unglück trat wieder in ihre Augen, aber nun mit Zorn vermischt, und sie fragte mit dem Ausdruck einer lauten Anklage: »Gut – sie ist tot. Sie ist eben tot. Aber was hat das mit dir zu tun? Kannst du mir sagen, was das mit dir zu tun hat?«

Ich antwortete nichts, zu groß war mein Erschrekken. Ich war aufgewacht. Alles lag vor mir in blendendem Tageslicht. Meine Mutter hatte recht. Da gab es nichts zu erwidern. Daß ein Fräulein Mitzel gestorben war, hatte mit mir und dem, was ich getan hatte, nicht das geringste zu tun.

EIN BESONDERER SAFT

Ich las in einem alten Heft: »Man glaubt, daß die Wunder eine Vorliebe für einfache, geradezu archaische Materialien haben. In der Wüste ist für das Volk Israel Brot vom Himmel gefallen und nicht irgendeine erlesene Köstlichkeit, aus dem Felsen sprang Wasser und kein Nektar, zu Kana wurde dieses Wasser zu Wein, zu Jerusalem wurde dieser Wein zu Blut.

Im Wunder sind die Naturgesetze aufgehoben. Es könnte eigentlich alles geschehen, aber es geschieht erstaunlicherweise nicht mit allem. Immer wieder sind Wasser und Brot, Wein und Blut die Stoffe des Wunders, so daß man geradezu glauben könnte, die Wunder bewegten sich eben in dem klassischen Rahmen eines himmlischen guten Geschmacks. Vielleicht liegen solche Vermutungen bereits im Gebiet des Unzulässigen; Spekulationen auf diesem Feld wären dann ganz einfach verboten. Die Phantasie wird für sich selber sorgen, wenn sie vermutet, an dieser Stelle etwas entdecken zu können. Sie wird sich erst einmal all der plumpen abstrakten, und dann leider doch immer wieder allzu wenig abstrakten Begriffe entledigen und sich auf ihre traumgegenständliche Weise schon zu erklären wissen, wie die Wunder ihre Gestalt wählen.«

Ein alter Pfarrer würdigte mich manchmal der Teilnahme an seinen theologischen Überlegungen. Ich erinnere mich an ein Gespräch mit dem alten Mann, der bei seinen Oberen als halsstarrig und unbeeinflußbar galt, in dem er sagte, daß zur gültigen Zelebration der Heiligen Messe unbedingt echter Wein erforderlich sei.

Warum Wein und nicht auch etwas anderes? – Weil es so vorgeschrieben sei! – Wo sei das so vorgeschrieben? – Im Ritus. – Und wenn man den Ritus ändere? – Das könne man nicht. – Warum nicht? – Dann sei er kein Ritus mehr. – Ändern heiße also abschaffen? – »Ja«, sagte der alte Mann.

Der Ritus habe aber doch einen Gehalt, eine Bedeutung? – Natürlich habe er das. – Ob dieser Gehalt nicht bestehen bleiben könne, wenn sein Gewand, der Ritus, nicht mehr da sei? – Möglicherweise, unsichtbar. – Was denn wichtiger sei, Gehalt oder Gestalt, fragte ich. »Das weiß ich nicht«, sagte der alte Mann.

Von einer Nachbargemeinde war die Unterhaltung ausgegangen. Dort tat ein tüchtiger Pfarrer Dienst, dessen Verhalten aber in letzter Zeit Unruhe in der Gemeinde hervorgerufen hatte. Daß der Bischof davon nur in Andeutungen erfuhr, war das Verdienst einiger Freunde des Pfarrers, die aber nicht nur alles taten, um seine Schwächen zu vertuschen, sondern weitersahen und vorsichtig eine Besserung des bisherigen Zustandes betrieben. Am Ende ihrer Bemühungen stand ein Dispens des Bischofs, der diesem Pfarrer gestattete, die Heilige Messe statt mit Wein mit pasteurisiertem Traubensaft zu feiern. »Das ist keine gültige Messe mehr, wenn die Gemeinde das auch nicht weiß«, sagte mein alter Pfarrer.

Der Priester, von dem er sprach, war mir aus den Gesprächen meiner Eltern vertraut, obwohl ich ihn nur einmal gesehen habe. Damals trug er einen grauen Gummimantel und eine große Baskenmütze, in der Hand eine altmodische, abgenutzte Aktentasche. Ich erinnere mich an seine fleischige Nase und an das dicke, blau glänzende Kinn. Er sah gesund aus, nicht ländlich, aber wie einer, der lange auf dem Land gelebt hat. Er war kleiner als ich und ging in langen Schritten in Richtung der Straßenbahnhaltestelle. Als er mich bemerkte, sprach er mich an und fragte, ob ich nicht der älteste Sohn meines Vaters sei. Dann sprach er eine Weile sehr freundlich mit mir. Die Stimme war tief, aber leise, und die Lippen schlossen sich fest nach jeder Frage. Er redete mich mit »man« an. Er sagte zum Beispiel: »Geht man noch in die Schule?«, »Weiß man schon, was man danach Schönes anstellen wird?« War er sich nicht sicher, ob er zu mir Du sagen durfte? Sein Gummimantel hatte etwas von einem Ausrüstungsgegenstand für Katastrophenfälle. Es regnete leicht.

»Dieser Pfarrer war immer ein Mann der Stunde«, sagte mein Vater. »Er hat den ganzen Krieg hindurch Leuten geholfen, die von den Nazis verfolgt wurden, und als der Krieg zu Ende war, hat er die Leute geschützt, die mit den Amerikanern Schwierigkeiten hatten. Er war immer sehr unternehmend und fühlte sich nicht als Richter. Er mußte etwas tun. Immer hat er Briefe geschrieben, Stempel beschafft, mit Amtspersonen gesprochen, Adressen besorgt – er wurde richtig berühmt und half und mühte sich immer noch mehr, ohne je darüber nachzudenken, was er tat. Er hörte von irgendeiner Notlage und antwortete darauf sofort mit einer Tat – einige Male leider etwas zu schnell. Das machte ein Getöse und weckte manchen Hund, der sonst noch tief geschlafen hätte. Dann wurde wirklich Hilfe nötig und war dann auch vom Pfarrer nicht mehr zu bekommen.« Meine Mutter sagte: »Der Pfarrer war lieb. Ich kenne ja auch seine Schwester, ein ganz braves Frauchen, eine richtige Kleinstädterin. Wir haben manches zusammen erlebt!«

Von dem Pfarrer wurde öfters bei uns gesprochen, etwa wenn vom Krieg die Rede war, oder vom Westerwald, von der Hierarchie der Kirche, von Baskenmützen oder vom Schnaps. Als ich ihn auf der Straße traf, stand er schon nicht mehr in Dillenhausen, so ähnlich hieß das Dorf im unwirtlichsten Nordhessen, der Gemeinde vor. Er war gerade wieder in die Stadt versetzt worden, die er seit dem Ende des Krieges nur auf wenigen, von der Sehnsucht inspirierten Besuchen gesehen hatte.

Zwischen Hunsrück und Westerwald war die Gegend damals noch so abgelegen und so ländlich wie vor Jahrhunderten. Die Dörfer sind ungewöhnlich häßlich, weil in diesen Landstrichen noch bis in unsere Zeit hinein biblische Armut geherrscht hat. Nirgendwo scheint ein stattlicher Hof oder eine behäbige Kirche errichtet worden zu sein, nur Katen aus Fachwerk und Ziegelsteinen, die von rotköpfigen mißtrauischen Menschen bewohnt werden. Ich bin mit meinen Eltern sogar einmal in diesem Dillenhausen gewesen. Wir hatten an der Lahn romanische Kirchen angesehen und fuhren übers Land zurück. Der Ort ruft mir sofort ein Bild der Erinnerung ins Gedächtnis zurück, das Innere des einzigen Gasthauses: ein mit weißem Neongas ausgeleuchteter kahler Raum, in dem schweigend und schwarz drei Männer vor ihren Biergläsern saßen. Die Theke war verglast, um Speisen darin ausstellen zu können. Auf einer grauen Papierserviette stand dort ein Teller mit drei russischen Eiern. Die Mayonnaise war am Rand gelb und verkrustet, das Hütchen aus deutschem Kaviar lag in einem bläulichen Kranz, weil seine Farbe ausgelaufen war. So sah für mich das Dorf aus, in das der Pfarrer nach den agilen Jahren des Krieges und der Nachkriegszeit versetzt, oder sollte man nicht sagen: verbannt worden war.

Der Pfarrer muß ein romantischer Mensch gewesen sein. Ich stelle mir vor, daß er die Luft durch seine fleischige Nase tief einatmete, daß seine Brust weit wurde, als er von seiner Versetzung nach Dillenhausen hörte. Das ärmste, trostloseste Dorf! Hier wartete Arbeit auf ihn. Hier waren in ihrer Armut verhärtete Herzen aufzutauen, die Hoffnungslosen mit neuem Sinn für ihr Leben zu erfüllen. Er sah sich als Gründer und Mentor einer Bewegung im ganzen hinteren Westerwald. Der Heilige Pfarrer von Ars und sein großes Missionswerk unter den gottlosen Kleinstädtern tauchte vor seinen Augen auf. Er sah sich mit unendlicher Mühe langsam das Vertrauen auch der Bösartigsten unter den Armen gewinnen, sah dann, Jahre überspringend, wie jedermann ihn freudig begrüßte, die kleine Kirche überfüllt war, vielleicht auch schon ein Neubau geplant werden mußte, er dabei mit Hand anlegend, immerfort Spenden sammelnd, nimmermüde das spirituelle Leben der Gemeinde anfeuernd, das schon weit über das Bistum hinaus mit Staunen betrachtet wurde. Der tapfere Mann und Enthusiast!

Mein Vater hat mir beschrieben, wie das Leben des Pfarrers dort aussah. Am Werktag liest er sehr früh für fünf alte Frauen die Messe, am Sonntag zwei Messen mit Orgelspiel und mißtönendem Gemeindegesang. Es sind dann mehr Leute in der Kirche, Kinder, Frauen und Greisinnen. Die Männer stehen mit dicken Köpfen im Sonntagsanzug vor dem Kirchentor, und während der Wandlung dringt manchmal ihr Lachen herein, so daß die Kinder die Köpfe herumdrehen. In der Woche mal eine Taufe, mal eine Beerdigung, auch einmal ein Gang zu einem Sterbenden. Einmal in der Woche Unterricht für die Erstkommunikanten, ein Lichtbilderabend mit der Legio Mariä und viele andere Pflichten, die man der Erwähnung nicht für wert hält. Sonst kann er spazieren gehen, im Gemüsegarten arbeiten, Zeitung lesen, im Radio das Abendkonzert mit Werken großer Meister hören – aber wer meint, er hätte sich im Wirtshaus zu den Männern setzen können, wer meint, es hätte ihm freigestanden, die Familien zu besuchen, um ihr Vertrauen zu gewinnen, um langsam und behutsam seinen geistlichen Einfluß geltend zu machen, der irrt.

Obwohl die Leute vielleicht sonst gar nicht so unzugänglich waren – bei ihm witterten sie etwas, das ihnen nicht gefiel und das ihnen das Gefühl gab, das er nicht zu ihnen paßte: das Idealistische womöglich, das sie als schwärmerisch, unmännlich, eben städtisch empfanden. Wenn so etwas in der Luft liegt, kann der von außen Eindringende niemals einer der Ihren werden. Eine Frau, die immerhin bäuerlicher Herkunft war und vor zwanzig Jahren aus Oberschlesien kommend in dem Dorf anlangte, wo sie seitdem bei einem Bauern arbeitete, hieß dort immer noch die »Flüchtlingsfrau«. Wenn sich der Pfarrer zu diesen Menschen an den Tisch setzen wollte, hätte er schon ein Meister an Einfühlung und psychologischem Geschick sein müssen, um auch nur den Mund eines einzigen dieser vernagelten Gesellen zu öffnen. Heitere und arglose Anbiederung stieß hier auf Ablehnung, die unbesiegbar blieb. Und als er auf den Einfall kam, Hausbesuche zu machen, hatte er bald die Besuchten zu seinen offenen Feinden.

Wie ausgestorben liegen diese Dörfer da, und doch steht hinter jedem der durch Scheibengardinen zur Ausdruckslosigkeit erblindeten Fenster ein Mensch und beobachtet mit unerbittlicher Genauigkeit das gegenüberliegende Haus. Wo der Pfarrer hinging, war gewiß etwas nicht in Ordnung, und sofort flammte das Gerücht auf, und gehässige Vermutungen wurden ausgesprochen. Der Pfarrer konnte sicher sein: Die nächste Tür, an der er klingelte, blieb ihm verschlossen, auch wenn er meinte, hinter den Scheibengardinen Schatten sich bewegen zu sehen. Es war bestimmt nicht vollkommen ausgeschlossen, zu diesen Herzen einen Zugang zu finden, aber es gehörten Eigenschaften dazu, die weit entfernt lagen von Agilität und Vigilanz, von Enthusiasmus und Kontaktfreudigkeit. Der so gern und oft so erfolgreich telefonierende Pfarrer hingegen – er wird sicher auch in Dillenhausen ein Telefon besessen haben, aber wer sollte ihn anrufen oder wen sollte er anrufen? Seine widerspenstigen Schäflein waren zum Teil bis in die sechziger Jahre hinein ohne Telefonanschluß, und selbst wenn sie ein Telefon gehabt hätten, welche einsilbigen Gespräche hätte er mit ihnen führen sollen? So klingelte es – selten genug – abends einmal an seiner Tür, draußen stand ein Kind mit laufender Nase und sagte: »Die Omma schreit. Der Doktor sagt, sie stirbt.« Es spricht also viel dafür, daß der bewegliche, der rastlose Mann sich in Dillenhausen nicht wohlgefühlt hat, denn als er nach fünfzehn Jahren erneut, diesmal wieder in die Stadt, versetzt wurde, war er zu einem schweren Trinker geworden.

Wer weiß, wie lange er versucht hat, die widrigen Umstände zu besiegen. Wer weiß, wann er auch aufgegeben hat, wenigstens sich selbst aufrecht zu erhalten, bis er es schließlich vorzog, die tötend einsamen Nachmittage und Abende im sanften Dämmern eines Wermut-Rausches zuzubringen. Ich sehe ihn vor mir, in seinem ungemütlichen Wohnzimmer mit einer Fotografie von Papst Pius und einem van Gogh'schen Druck mit der Darstellung des Sämannes, mit Scheibengardinen und Kakteen, seine Bücher in schwarzes Papier eingebunden, er selbst in einem zerschlissenen Lehnsessel liegend, den Kopf auf einem Kissen, das seine Schwester ihm gestickt hat. Als dann eines Tages doch einmal das Telefon klingelte und er mit glasigen Augen und stehenden Haaren, auf der Wange den Abdruck des Stickmusters, von einem Mitglied der Verwaltung erfuhr, daß eine erneute Versetzung in die Stadt in Aussicht genommen sei, war es zu spät, als daß er sich darüber noch hätte freuen können.

Wenn mein Vater über den Pfarrer sprach, geschah

das immer in Freundlichkeit und mit Bedauern. Er konnte sich in das Schicksal anderer Menschen versetzen und spürte deutlich die Enttäuschungen und Vergeblichkeiten dieses Lebens. Meine Mutter jedoch hatte offenbar eine Art erheiternden Vorbehalt, etwas, das ihr nicht ohne weiteres möglich machte, das Schicksal des Pfarrers als rundherum tragisch anzusehen, wie es eben Pechvögel gibt, deren Unglück für andere komisch aussieht. In diesem Fall war wohl etwas passiert, das den armen Menschen der Gloriole des Unglücks in den Augen meiner Mutter beraubt hatte. Das ging aus ihren Reden hervor, denn sie erging sich gern in Andeutungen und begann etwa, als ich ihr sagte, daß ich den Pfarrer gesehen hätte; er habe es eilig gehabt: »Aha, den Pfarrer! Das war wohl wieder einmal Zeit! Der mußte wohl ins Bett!«

Eines Tages erschien an unserer Wohnungstür eine kleine Frau von etwa sechzig Jahren mit einer großen Warze am Kinn. Sie fragte nach meiner Mutter. Als ich ihr sagte, daß meine Mutter nicht zu Hause sei, bat sie mich, ihr ein Weihnachtspäckchen zu übergeben und ging wieder fort. Lag es an dem dünnen Seidenpapier mit den Tannenzweigen, das wir nie benutzten, und das mir zugleich zart und billig vorkam, oder lag es an dem leichten Seifengeruch der Frau, daß sie für mich etwas unbestimmt Klerikales an sich hatte? Ich war jedenfalls überhaupt nicht erstaunt, als meine Mutter, der ich das Päckchen gab, mich fragte: »War sie selber da? Mit einer Warze am Kinn? Das war die Schwester des Pfarrers.«

Sofort war mir klar, wann ich diese Frau schon einmal gesehen hatte. Vor wenigen Jahren war sie zu uns

gekommen. Ihre Augen waren gerötet und das War-
zenkinn zitterte. Meine Mutter zog schnell einen
Mantel an und ging mit ihr fort. Am Abend war sie
wieder da, voll von Erlebnissen, die sie mit meinem
Vater besprach, und noch tagelang so heiter wie ein
Kind.

Eines Tages sagte meine Mutter zu meinem Vater: »Die Schwester des Pfarrers ist gestorben.« – »Der
arme Mann«, antwortete mein Vater. »Das tut ihm
doch nicht mehr weh!« rief meine Mutter. Darauf sagte
mein Vater: »Jetzt sind alle tot, die damals dabei waren.«

Damals – das war der Tag, an dem die Schwester
des Pfarrers meine Mutter abgeholt hatte, zu Hilfe geholt hatte, wie ich jetzt erfahren sollte, in einer für ihren Bruder höchst prekären Lage, die ihm selbst jedoch noch nicht zu Bewußtsein gekommen war, weil
er sich, wie gewöhnlich in diesen Tagen, bis zur Besin-
nungslosigkeit betrunken hatte. Das Pfarrhaus lag neben der neugotischen, im Krieg beschädigten und nun
teilweise modern ergänzten St. Aloysius-Kirche in einem stillen bürgerlichen Viertel, in dem es auch schon
ein paar neue Bürohäuser gab. Auf dem Weg wimmerte
die Schwester beständig vor sich hin und sagte: »Wenn
er nun schon da ist? Wenn er schon vor der Türe steht?
Was machen wir dann?« Meine Mutter hat sie sicher
nur halb beruhigen können, denn wenn auch ihre Bestimmtheit und Tatkraft für hilflose Menschen oft eine
Stütze war, so verband sie diesen Schwung doch immer
mit einer gewissen Ironie, die gerade die Schwachen
fürchten ließ, sie könne ihnen ihren Schutz ganz plötzlich wieder entziehen. Es steht fest, daß meine Mutter

auf dem Weg zum Pfarrhaus irgendetwas Ironisches gesagt hat, da alles, was das Klerikale auch nur streifte, von ihr mit boshafter Distanz betrachtet wurde. Ich habe nie verstanden, was meine Mutter beim Anblick einer Soutane zum Lachen reizte. Sie war wirklich kirchenfromm, eine gehorsame Tochter der Kirche, und glaubte fast alles, was ihr zu glauben geboten war. War ihr Gelächter dem vergleichbar, das manche Leute überkommt, die auf dem Friedhof ihre liebsten Verwandten begraben? Vertrat es die Stelle des Schauderns vor dem Numinosen und stammte also aus jenen uralten Zeiten, in denen das Lachen bei bestimmten Kulten eine rituelle Handlung war? Oder war es ein jüngeres Gelächter, ein Boccaccio-Gelächter, das es nur dort gibt, wo das ganze Leben gleichsam pfäffisch durchsäuert ist? Ich glaube mich zu erinnern, daß der Pfarrer und seine Schwester Konvertiten waren, und wenn das zutrifft, dann hat die Schwester sicher besonders wenig Verständnis für die gute Laune meiner Mutter gehabt.

Das Pfarrhaus lag still und abweisend da mit dunklen, unfreundlichen Fenstern. Bevor die Frauen um die Ecke bogen, war die Schwester immer unruhiger geworden. Jetzt atmete sie auf und sagte: »Gott sei Dank, er ist noch nicht da!«

»Der ist noch am segnen«, sagte meine Mutter mit einem spöttischen Blick auf die kleine Frau. Die suchte unterdessen in ihrer schwarzen Handtasche nach den Hausschlüsseln und bemerkte erst nach einer Weile, daß sie sie schon in der Hand hielt. »Ach, diese Aufregung«, sagte die Schwester und öffnete die Tür. Sie lief auf ihren kurzen Beinen ins Haus und eilte, ohne sich den Mantel auszuziehen, die Treppe hinauf, die mit einem kratzigen grauen Läufer belegt war. Als meine Mutter das Schlafzimmer des Pfarrers betrat, sah sie die Schwester schon damit beschäftigt, ihren schweren Bruder, der im Sessel hing, am Arm zu ziehen. Im Zimmer lagerte eine Alkoholwolke, vermischt mit den Gerüchen von Magensäure und Bohnerwachs. Auf dem Linoleumboden lag ein Schuh. Auf dem Nachttisch stand eine leere Wermutflasche, darüber hing eine Fotografie von einem dick verschneiten Kruzifix in einem Winterwald. Meine Mutter sagte: »Bevor er kommt, müssen wir aber erst einmal lüften«, und öffnete das Fenster. Der Strom der frischen Luft traf die Schwester. Sie hörte auf, am Arm ihres Bruders zu ziehen, dessen Augen halb geöffnet waren und sich nicht bewegten. »Er versteht kein Wort! Ich bekomme ihn nicht von der Stelle«, sagte sie mit dem Ausdruck der Verzweiflung.

Meine Mutter hob den Schuh auf und stellte ihn unter das Bett.

»So«, sagte sie munter und hart, »jetzt ist Schluß. Jetzt stehen Sie auf und legen sich ins Bett.« Der Pfarrer öffnete verwundert den Mund und lallte ein paar unverständliche Worte. Auf einmal gab er sich große Mühe, ganz deutlich zu sprechen und sagte: »Ich bin stocknüchtern.« Dann sank sein Kopf wieder auf die Seite.

»Stocknüchtern – so sehen Sie aus!« antwortete meine Mutter, während die Schwester stumm die Hände zum Gesicht hob. »Sofort ins Bett mit Ihnen! Wenn der Bischof Sie so sieht – der Bischof!« Dies letzte Wort flüsterte sie ihm eindringlich ins Ohr.

Der Pfarrer fuhr zusammen und bewegte seine Hände ziellos über den Körper, als ob er seine Kleider in Ordnung bringen wolle. »Ins Bett – sonst hole ich den Bischof!« sagte meine Mutter noch einmal und genauso drohend. Der Pfarrer blickte sie an. Er hatte die Augen jetzt ganz geöffnet. Der Rausch hatte ihn alt gemacht und zugleich verjüngt. Das Gesicht war zerlaufen, verschwitzt, rote Flecken gaben der Haut ein allergisches Aussehen, das tote Haar stand ab, aber seine Augen waren die eines kleinen Kindes, ängstlich besorgt und doch vertrauensvoll, daß nichts geschehen kann, solange seine Beschützer bei ihm sind.

Er versuchte aufzustehen. Die Frauen zogen an ihm und stützten ihn, aber als er schließlich stand, machte er eine kleine Bewegung, die beinahe alle drei zu Fall gebracht hätte. Die Schwester jammerte mit unterdrückter Stimme. Die beiden anderen blieben stumm. Leise wankend stand die kleine Gruppe im Zimmer, als es auf einmal unten im Hausflur schellte. »Sorgen Sie, daß er im Bett bleibt«, sagte meine Mutter, nachdem sie den Schwankenden auf seine Kissen hatten fallen lassen. Die Schwester hob seine Beine, die über der Bettkante hingen, mit äußerster Kraftanstrengung unter die Decke. Meine Mutter war an das Fenster getreten. Auf der leeren Straße stand ein schwarzer Mercedes. »Bleiben Sie bei ihm«, sagte meine Mutter, ging die Treppe hinunter und öffnete die Haustür.

Auf den Stufen stand ein junger blaßer Priester in einem schwarzen Regenmantel, in der Hand eine Aktentasche. Von der Straße her blickte ein älterer Mann, ebenfalls im Priesterhabit, verwundert auf meine Mutter. Er hatte offenbar ein anderes Gesicht erwartet.

»Treten Sie ein, Exzellenz«, sagte meine Mutter, »wir haben Sie schon erwartet.« – »Das ist Herr Kaplan Erdmann, mein Sekretär«, sagte der Bischof; der Kaplan neigte dazu schief den Kopf. Meine Mutter führte die Herren in das Wohnzimmer des Pfarrers.

»Hast du ihm den Ring geküßt?« fragte ich meine Mutter, als müsse ich einen Zweifel besiegen, daß sie tatsächlich von einem Bischof spreche. »Oh, selbstverständlich!« antwortete sie und führte eine kleine Pantomime dazu auf: sie machte einen kleinen Knicks, wie ihn die Mädchen auf dem Land statt einer Kniebeuge machen, und pickte mit gespitztem Mündchen nach einer imaginären Hand, die vor ihr in der Luft schwebte. Dazu verdrehte sie ihre Augen zu einem töricht frömmelnden Ausdruck, dann lächelte sie listig und sagte: »Ich habe ihm die Hand geküßt, obwohl er gar nicht ›im Kleid‹ ging« – diesen Ausdruck hatte ein fortschrittlicher Jesuit ihr gegenüber für die Soutane gebraucht – »Er hatte Hosen an!« Sie war jetzt ganz außer sich. Es war, als steckten für sie tausend Kobolde in den Gewändern; wenn sie in der Gotik gelebt hätte, dann wären ihr die runzligen Köpfchen, die aus den Gewandfalten eines unvollkommenen Priesters heraus Fratzen schnitten, womöglich unmittelbar sichtbar gewesen.

»Der Bischof hatte damals schon Hängebacken und spitze Ohren. Er machte einen kleinen Mund, leutselig und auf Abstand bedacht. Er wollte mich gern etwas fragen, aber ich redete hin und her, um ihn nicht zu Wort kommen zu lassen, und fragte ihn dann, ob er eine Tasse Kaffee haben wolle. Dabei wußte ich gar nicht, ob es so etwas im Hause gab. Der Pfarrer hat schließlich nie etwas aus einer Tasse getrunken.

»Liebe Frau, sagte der Bischof schließlich …« – »Er hat ›Liebe Frau‹ zu dir gesagt?« fragte ich. »Oh, er hielt mich wohl zunächst für eine fromme Frau aus der Sakristei. Später wurde er ganz verlegen. Liebe Frau, sagte also der Bischof, ich weiß nicht recht, mit wem …«

»Aber ich weiß, wer Sie sind!« sagte meine Mutter, »ich weiß alles über Sie! Wissen Sie noch, daß Sie einmal mit Fritz Merlenbach zusammen studiert haben? Das ist ein richtiger Vetter!« – »Fritz Merlenbach, sieh an«, sagte der Bischof und Beruhigung breitete sich auf seinen ältlichen Zügen aus, die bei der Ankündigung meiner Mutter, sie wisse alles über ihn, nervös erstarrt waren. »Merlenbach war ein lieber Freund. Ich habe auch an seiner weiteren Entwicklung, wenn auch aus der Ferne und wie mein Amt es mir eben ermöglicht, gern teilgenommen. Ein geistvoller und scharfsinniger Kopf.« – »Der Rabbi«, sagte meine Mutter, »bei uns wurde er der Rabbi genannt.« – »Tatsächlich, ja«, antwortete der Bischof, »im Seminar habe ich ihn ebenfalls so nennen hören. Nun, jugendlicher Übermut!« – »Das war kein Wunder!« rief meine Mutter. »Sie wissen doch, was er für eine Nase hat!« Dabei legte sie ihren Zeigefinger auf ihre Nasenspitze und drückte sie platt. »Das kam von seiner Großmutter, einer geborenen Bermann, von Bermanns Erben, ein sehr solides Haus in Trier. Mein Gott, die hatten Grundstücke noch und noch!« – »Sie war aber getauft?« fragte der Bischof. »Ich hatte den Eindruck, daß Fritz aus einer katholischen Familie stammte.« – »Getauft war sie – und wie!

Wir haben immer gesagt, daß sie aus Versehen zweimal getauft sein muß. Sie wissen ja selbst, die Konvertiten sind die allerschlimmsten.« – »Da mag wohl manchmal allzu großer Eifer am Werke sein«, antwortete der Bischof. »Das ist die Kehrseite der Freude, schließlich zur Wahrheit gefunden zu haben.« – »Die wollen dann alles viel besser wissen als wir, die wir schon immer dabei waren«, sagte meine Mutter. »Die Freude ist kurz. Ich weiß, wovon ich rede, obwohl in Trier bei uns an sich ja alles sowieso katholisch ist.« – »Ja, das ist altes katholisches Land«, sagte der Bischof. »Aber die Begegnung mit unseren evangelischen Brüdern, die manchen vielleicht etwas unsicher macht, hat auch ihr Gutes. Sie hält den Glauben lebendig.«

Meine Mutter war nicht der Ansicht des Bischofs, und zwar in mehrer Hinsicht. Sie fühlte sich unter Protestanten zwar nicht besonders wohl, aber auch keineswegs unsicher und fand schon gar nicht, daß sie ihrer eigenen Gläubigkeit etwas hinzufügen könnten. Sie vermutete aber, daß der Bischof den wesentlichen Teil des Problems, das sie mit dem Protestantismus hatte, nicht recht verstand: daß der Protestantismus nämlich keine Lehre war, die man ablegen konnte wie ein Hemd, sondern ein unverwischbarer Charakterzug seiner Anhänger. Für theologische Auseinandersetzungen hatte meine Mutter weder Verständnis noch Interesse. Sie hatte aber die Beobachtung gemacht, daß die Konvertiten, die sie kannte, in ihren nicht von der Religion berührten, profanen Verhaltensweisen Protestanten geblieben waren. In den Augen meiner Mutter stellte sich das Unternehmen einer Konversion als unmögliches Unterfangen dar. Sie begriff nicht, wie die Kirche sich darüber Täuschungen hingeben könnte, zumal nach der Reformation höchst heilsam die Böcke von den Schafen geschieden worden waren und im Sinn einer klugen Ordnung unter den Menschen auch geschieden bleiben sollten. Gewiß wurden diese Vorstellungen niemals vollständig ausgesprochen, aber sie entsprachen doch einer beständigen Stimmung, und so klang ihre Stimme reserviert, als sie dem Bischof antwortete: »Sicher, das muß man bedenken.«

Mehr fiel ihr nicht ein, und das war verhängnisvoll, weil nun zum ersten Mal der Gesprächsfaden abgerissen war. Der Bischof konnte Atem schöpfen und sagen: »Mein Besuch galt im Grunde dem Herrn Pfarrer …« – »Das kann ich mir denken«, sagte meine Mutter, »Ihre Zeit ist nicht für so schlichte Geister wie mich bestimmt. Aber es ist etwas Trauriges passiert. Der Herr Pfarrer ist krank.« Der Bischof preßte den ohnehin schmalen Mund noch mehr zusammen und sagte: »Ernsthaft? Dann hätte man doch telefonieren können. Wir sind eigens angereist.« – »Ein Migräneanfall«, sagte meine Mutter nach kurzem Zögern, »er hat erst vor einer halben Stunde begonnen. Der arme Mann wurde auf einmal ganz grün im Gesicht und verdrehte die Augen. Die Tränen laufen ihm über die Bakken, so heftig sind die Krämpfe. Sie werden ihn nicht einmal an seinem Bett besuchen können. Ich habe ihm die schwersten Mittel gegeben. Er liegt in einer Art Ohnmacht.«

Auf einmal fiel mit lautem Poltern im oberen Zimmer etwas Schweres auf den Boden. Die weiße Milchglaskugellampe im Wohnzimmer schwankte leise. »Was war das?« fragte der Bischof bestimmt.

»Ja, was war das?« fragte auch meine Mutter. »Seine Schwester ist oben. Es ist ihr offenbar etwas hingefallen. Entschuldigen Sie mich!« Dann verließ sie das Zimmer und lief die Treppe hinauf in das Schlafzimmer des Pfarrers.

Er lag auf dem Linoleumboden lang ausgestreckt und hilflos mit den Armen rudernd. Über ihn gebeugt stand die kleine Gestalt seiner Schwester und redete leise weinend auf ihn ein. »Er wollte auf einmal aufstehen. Er hat sich gar nicht abhalten lassen«, sagte sie mit zitterndem Warzenkinn. Zusammen gelang es den beiden, ihn wieder aufzurichten. Dem stumpf auf dem Boden Sitzenden zischte meine Mutter zu: »Jetzt ist er da! Sie müssen im Bett bleiben, sonst kommt alles heraus!« Wieder blickte er sie mit verwunderten Kinderaugen an. Seine Bewegungen waren patschend wie die eines Säuglings, aber nicht mehr widerstrebend. Er versuchte nun die Anstrengungen seiner Helferinnen, ihn wieder auf die Beine zu stellen, zu unterstützen. Beide hatten rote Gesichter, als es ihnen endlich gelungen war, den taumelnden Mann ins Bett zu zerren und zu wälzen. Die Schwester machte Anstalten, ihn auszuziehen, aber meine Mutter sagte: »Dazu haben wir keine Zeit. Erst muß der Bischof aus dem Haus.« Sie deckte den Pfarrer zu und zog ihm die Decke bis über den Mund. Dann bemerkte sie, daß ein Schuh unter der Decke hervorguckte und legte ein Kissen darauf.

»Warum habe ich das nur getan?« sagte sie voll Staunen über ihre Eingebung. »Als ich mich herumdrehte, stand der Bischof in der Tür.«

»Ich gedachte, dem lieben Bruder, wenn ich schon sonst nichts zu seiner Besserung zu tun vermag, den

Krankensegen zu spenden, bevor ich sein Lager wieder verlasse. Ich finde das Krankenzimmer übrigens zugig und kühl.« Die Schwester knickste und sagte gar nichts. Meine Mutter sagte: »Frische Luft ist das einzige Mittel gegen einen solchen Anfall, von den starken Medikamenten einmal abgesehen. Darf ich Sie bitten, dem Kranken nicht zu nahe zu treten? Jede Erschütterung bereitet ihm furchtbare Schmerzen.«

Beim Eintreten des Bischofs hatte der Pfarrer den schwachen Versuch unternommen, sich aus seinem Bett zu erheben. Er hatte wahrscheinlich einen großen Schrecken bekommen. Seine Bewegungen verrieten eher einen Fluchtversuch als eine Ehrfurchtsbezeigung. Meine Mutter drückte ihn wieder in die Kissen. Der Bischof sagte: »Lassen Sie nur, lieber Bruder, bemühen Sie sich nicht. Und sprechen Sie nicht, wenn es Ihnen Qual bereitet.« Er legte eine violette Stola um, die ihm sein Sekretär reichte und begann zu beten: »Adiutorium nostrum est in nomine Domini.« Der Sekretär und die Schwester antworteten: »Qui fecit coelum et terram.« Meine Mutter, die sich keine Responsorien außer dem »Dominus vobiscum« merken konnte, blieb stumm. Nach dem Segen, den der Bischof mit der ausgestreckten Handfläche sehr gemessen spendete, als ob er die Luft vorsichtig nach oben und zur Seite schieben müsse, begleiteten meine Mutter und die Schwester die Priester die Treppe hinunter. »Solch ein Anfall muß nicht lange dauern«, sagte meine Mutter zum Bischof. »Sie sind so gut, Exzellenz«, sagte plötzlich mit bebender Stimme die Schwester, in der sich offensichtlich die Spannung der vergangenen Augenblicke löste. »Ja, ja«, sagte der Bischof mild und stieg in den Wagen.

Die Frauen standen noch in dem dunklen Flur, als sie es oben poltern und krachen hörten. Der Pfarrer war schon wieder aus dem Bett gefallen.

Der Traubensaft-Dispens ist ihm erst später erteilt worden. Es hatte sich gezeigt, daß alle Bemühungen, ihn des Alkohols zu entwöhnen, an dem Schluck Meßwein scheiterten, den er jeden Morgen in der ersten Messe bei der Kommunion trank. Damit brach seine Widerstandskraft zusammen. Bis zum Mittag war er gewöhnlich vollständig betrunken. Vom Standpunkt des Arztes aus war die Genehmigung, den Wein durch Traubensaft zu ersetzen, eine notwendige Maßnahme.

Dem Bischof, einem eher strengen Herrn, hat bei dem Entschluß sicher geholfen, daß er den Pfarrer niemals mit Bewußtsein betrunken gesehen hat und daß die ganze Angelegenheit sich für ihn nur in der Gestalt eines Aktendeckels zeigte. Auch war das Verhältnis der Kirche zum Kultus mittlerweile ein anderes geworden. Sie hatte das Interesse an ihren Riten verloren und beschäftigte sich nun vornehmlich mit dem Teil ihres Gedankenguts, den sie mit den anderen Religionen und philanthropischen Vereinigungen der Welt gemeinsam hatte. Ob der Pfarrer mit Saft oder mit Wein zelebrierte, hatte für die Kirche keine Bedeutung mehr.

Nur mein alter Pfarrer in Wiesbaden konnte sich über die Erledigung des Falles nicht beruhigen. »Die Substanzen eines Wunders stehen nicht zur Disposition«, sagte er zu mir. »Manche Stoffe sind zur Metamorphose bestimmt, manche sind es nicht. Wein wird Blut, Saft bleibt Saft«. Er erhob sich und ging zu seinem Bücherschrank, nahm hier ein Buch heraus, dort eines und dort ein weiteres, kehrte zurück, schlug sie auf und begann, mir aus den Schriften der Kirchenväter, der frühen Theologen, aus Konzilsbeschlüssen und den Hymnen des Thomas auf lateinisch vorzulesen, hin und wieder das Buch sinken lassend und langsam für mich ins Deutsche übersetzend.

WEISSE BLUMEN

»... Zum Abschied auch in einer Kirche: St. Pierre de Chaillot. Als gutes Zeichen nahm ich, daß ihr großes Portal mit Vorhängen geschmückt und die Treppe mit einem roten Läufer bezogen war. Doch war es verschlossen, und ich mußte durch einen Seiteneingang gehen. Beim Ausgang jedoch fand ich es geöffnet und sah dann draußen, nachdem ich es gedankenlos durchschritten hatte, daß es für einen Leichnam so geschmückt und schön gerüstet war ...«
Ernst Jünger, Strahlungen

Auf seinen Spaziergängen durch die große Stadt gelangt der Hauptmann, ein Mann in den mittleren Jahren, auch an die Tore einer Kirche. Es kommt dem repräsentativen Sinn des Mannes entgegen, daß er die Doppelpforte der Kirche, die durch zartgraue Fialen geteilt ist, mit Türvorhängen in hellem blauem Rot geschmückt findet. Mit Freude bemerkt er den roten Läufer, der aus dem Spalt zwischen Tür und Steinboden fließt und sich dann sanft an die wenigen Stufen schmiegt. Der Hauptmann fühlt sich eingeladen, die Treppe emporzuschreiten. Längst ist es ihm Gewohnheit geworden, die Bilder, zu denen sich die Welt der Dinge unter den Augen des auswählenden Betrachters ordnet, als Aufforderungen oder Hinweise anzusehen. Fast fühlt er sich deshalb betrogen, als er die Türe des Portals verschlossen findet. Sein nachgiebiger Geist läßt ihn jedoch eine leichte Verstimmung überwinden und führt ihn, gleichsam an der Hand, um die Kirche herum zu einer seitlich gelegenen niedrigen Tür. Sie öffnet sich in einen Vorraum, der von oben beleuchtet ist. Auf einem mit Zetteln besteckten Anschlagbrett tanzen gelbe Punkte. Vierundzwanzig auf unterschiedliche Höhe abgebrannte Kerzen brennen vor einer Lourdesgrotte, deren blau und weiß gekleidete Madonna zugleich von den schräg auf sie herabfallenden Strahlen des Oberlichtes getroffen wird; in zweierlei Licht getaucht scheint sie zu schwimmen. Durch eine gepolsterte Pendeltür, die den Vorraum abschließt, schreitet der Hauptmann in die Kirche hinein.

Es ist eine große Kirche, aber sie wirkt nicht leer, obwohl sich wenige Personen in ihr aufhalten. Buntes Licht aus den hohen Fenstern färbt den Fußboden blau und rot. Neben der Tür stehen mehrere Glasvasen mit weißen Blumen, die der Küster auf die Altäre verteilen wird. Der Küster trägt einen schwarzen Kittel und ist mit einem großen Besen beschäftigt, den er hin und her schiebt. Feine Staubkörnchen werden aufgewirbelt. Sie tanzen als helle Wolke im bunten Licht der Fenster wie der Blütenstaub im Frühling. In der Nähe des Küsters stehen zwei Frauen in einfachen schwarzen

Kleidern und mit Kämmen im schwarzen Haar. Beide Frauen sind klein und etwa fünfzig Jahre alt, beide haben schwarze Handtaschen. Sie stehen zusammen und unterhalten sich in einer Weise, die den Küster einbeziehen soll. Der Küster beteiligt sich nicht an der Unterhaltung und schiebt den Besen hin und her. Der Hauptmann nimmt in einer Bank Platz. Er will sich orientieren. Unfreiwillig wird er Zeuge des Gesprächs.

»Die Sache ist ja in Wirklichkeit ganz einfach. Sie können das nicht wissen, denn Sie haben ihn nicht gekannt; aber ich habe ihn gekannt, er konnte mir nichts vormachen, hat es auch nicht versucht, und so konnte ich feststellen, daß in Wirklichkeit alles ganz einfach um ihn bestellt war«, sagt die erste Frau.

»Sie stellen die Dinge auf den Kopf, in Wirklichkeit war alles höchst kompliziert, er wirkte nur nach außen so einfach, machte aus seinem Herzen eine Mördergrube – nun, Sie können das nicht wissen, aber ich kann das beurteilen, ich habe es genau verfolgt«, sagt darauf die andere Frau.

»Was hilft der Streit!« sagt darauf die erste. »War es nicht gerade sein Elend, daß jeder ganz genau über ihn Bescheid zu wissen glaubte? Jeder wußte, wie es um ihn bestellt war, nur er selbst nicht.«

Darauf die zweite: »Und als er es wußte, da war es zu spät. Da wurde der Schalter geschlossen für immer! Haben Sie ihn gekannt?«

Die erste, mit unbewegtem Gesicht: »Ich kannte ihn kaum, man hörte gelegentlich von ihm, über dritte, und was man hörte, war nicht danach angetan, ihn näher kennenlernen zu wollen.«

Die zweite, sehr kühl: »Auch ich weiß nicht, warum

ich überhaupt hier bin, ich habe weiß Gott nichts dabei verloren. Eine so flüchtige Bekanntschaft! Wenn er wenigstens ein interessanter Mensch gewesen wäre!«

Triumph bei der ersten: »Ach, uninteressant war er nicht! Es gab da Punkte in seinem Leben, unangenehme zugegebenermaßen, aber nicht uninteressante, über die ich nun wieder genau, aus eigener Anschauung, informiert bin. Aber, de mortuis, meine Liebe, de mortuis, und erst recht nicht hier. Der Küster ist ein Mann und kann Ihnen vielleicht mehr über gewisse Samstagabende berichten!«

Der Küster sieht auf: »Ich weiß nicht, wovon Sie sprechen.«

Die zweite fährt dazwischen: »Alles Gerede, alles haltlose Verdächtigungen. Ich habe ihn in den letzten zwanzig Jahren nicht eine Minute aus den Augen gelassen: Ein schwieriges Leben, aber ein ganz und gar öffentliches, es gibt Zeugen für alles, was er in den Jahren hier unternommen hat. Das braucht das Licht nicht zu scheuen. Und im übrigen: Wir sind alle keine Engel!«

Voll Mitleid die erste: »Wie haben Sie es nur ausgehalten! All die Jahre mit ihm auf engstem Raum! Sie müssen eine Heilige sein.«

Abwehrend die zweite: »Das ist nichts gegen das, was Sie geleistet haben, ohne Sie wäre es früher zu Ende gegangen, und nicht so trostreich, er hat zum Schluß nur noch von Ihnen gesprochen – und ich sage Ihnen, auf das kleinste Zeichen der Ermutigung von Ihnen wäre er noch einmal aufgestanden.«

Mit melancholischer Stimme die erste: »Sie wissen, daß das nicht mehr möglich war, nach allem Geschehenen. Vielleicht können Sie mir übrigens bei einer kleinen Schwierigkeit helfen: Es fällt mir unerhört schwer, mir seinen Vornamen zu merken; eben gerade ist er wieder weg, es ist verhext.«

Freundlich sagt die zweite: »Es tut mir leid, Sie enttäuschen zu müssen: ich kannte seinen Vornamen gar nicht, er war für mich immer Herr Sowieso – der Name ist mir leider entfallen, er tut ja auch nichts zur Sache. Meinen Sie, daß man jetzt vorn an der Ecke noch Petersilie bekommt? Wenn nicht, so ist es auch nicht schlimm, ich vertrage sie nicht.«

Die erste wendet sich zum Küster: »Ich sehe, Sie sind heute zu beschäftigt. Es eilt ja auch nicht mit meinem kleinen Anliegen. Am Herz-Jesu-Freitag treffe ich Sie an. Aber dann sollen Sie mir nicht entkommen!«

Die beiden Frauen wenden sich zum Gehen und schreiten ruhig dem Ausgang zu. In ihrem Kreuzzeichen zeigt sich Würde und die lange Vertrautheit mit dem Ritus. Der Küster blickt dem Hauptmann, auf seinen Besen gestützt, voll ins Gesicht. Glaubt er, ihm eine Erklärung zu schulden? Er sagt schließlich: »Die eine hat seine Schwester gekannt, und die andere ist die Freundin seiner geschiedenen Frau gewesen. Er hinterläßt sie ohne einen Pfennig. Wollen Sie das Wandbild sehen? Dritte Kapelle links. Sie müssen entschuldigen, ich habe zu tun.« Mit ruhigen Bewegungen beginnt er wieder zu kehren und befreit auch die hellrote Marmorstufe des Seitenaltars sorgfältig von Staub. Der Hauptmann hat sich erhoben. Er überreicht dem Küster ein Geldstück und nennt es einen Obolus. Dann geht er im Mittelgang nach vorn.

Er denkt an die Unterhaltung zurück, deren Zeuge er geworden ist. Aus dem, was er vernommen hat, schließt er, daß über einen jüngst Verstorbenen gesprochen wurde. »Welch flüchtiges Bild hinterlassen wir in den Menschen, mit denen wir gelebt haben«, sagt der Hauptmann. »Aber was bleibt von dem, der Zeit seines Lebens einsam war? Weniger als ein Schatten? Bonapartes Mutter ließ ihrem Sohn einen leeren Grabstein setzen, als man ihr eine Inschrift, die seinem Rang gemäß war, verweigerte.« Der Hauptmann empfindet Sympathie für den großen Soldaten. Er beginnt, sich für ein spurloses Ende zu erwärmen.

Inzwischen ist er unter der Kuppel angelangt. Hier kreuzen sich die Schiffe. Der Hauptmann wendet sich nach links. Dort herrscht Geschäftigkeit: Es wird der Altar gedeckt. Ein Mann ist damit beschäftigt, verschiedene Leinentücher und Paramente zu sortieren und die geeigneten Stücke aus dem Stoffstapel herauszusuchen. Er steht am Altar, mit dem Rücken zum Hauptmann, hantiert geschickt mit den Leuchtern und anderem Gerät und wendet sich dabei mit schnellen sicheren Bewegungen nach rechts und nach links. Zwei kleine Mädchen mit glattem schwarzem Haar und gelber Haut, die in den Händen Gießkannen halten, betrachten bewegungslos die leise Tätigkeit des Mannes. Dann sagt das ältere Kind: »Herr Pfarrer, einer will das Wandbild sehen.« Der Mann dreht sich nicht um und sagt mit sanfter Stimme: »Ich komme, ich komme, mein Kind!« Er rückt den Stapel zurecht und steigt dann die Stufen herab, er trägt keine Jacke, die grauen Hemdsärmel sind hochgerollt, das schwarze Kollett mit dem Zelluloidkragen ist leicht verrutscht. Geistesgegenwärtig lächelnd tritt er auf den Hauptmann zu und unterbricht mit zuvorkommenden Handbewegungen dessen Bitte, sich nicht stören zu lassen. Die beiden Mädchen sehen der Szene stumm zu.

»Das Wandbild, das Wandbild, ein Kunstliebhaber«, sagt der Pfarrer. Er reibt sich die Hände. »Sie sind nicht in Eile? Haben Zeit mitgebracht, alles richtig zu studieren? Wir werden gleich Licht haben, eine technische Schwierigkeit. Unterdessen – ich richte gerade den Altar, die Leinendecken sind lang, sie sind sogar sehr lang – ich kämpfe immer ein bißchen damit. Ich möchte Sie nicht inkommodieren, allein – für Sie ist es nur ein Handgriff, und für mich ist es eine große Hilfe. Sie sind ein Militär, nicht wahr? Dann ist Ihnen der Gedanke des Dienstes ja nicht völlig fremd. Darf ich Sie bitten?«

Ohne Widerspruch betritt der Hauptmann den Altarraum, er folgt dem Priester auch auf die Stufen und steht dann wie ein Diakon neben dem Geistlichen. Seine Vorsicht bemerkend weist der Pfarrer auf den Tabernakel und sagt: »Der ist leer.« Dann beginnen beide die Leuchter ganz vom Altar herunterzunehmen und auf den Boden zu stellen. Der Hauptmann ergreift auch ein kleines Bronzekruzifix und setzt es auf dem Boden ab. Messtexte in geschwungenem Goldrahmen und der vergoldete Ständer des Evangeliars werden ebenfalls entfernt. Der Pfarrer hat inzwischen die richtigen Tücher bereit gelegt: »Ich gehe nach den Motiven vor. Merkwürdigerweise habe ich hier lauter Weihnachtswäsche erwischt. Es ist für ein Seelenamt. Dazu brauche ich schwarzgestickte Kreuze und habe sie auch gefunden, obschon sie nicht die neuesten sind. Natürlich könnte ich streng genommen auch über geklöppelten Osterlämmern zelebrieren, aber wenn nun einmal die Ausstattung vorhanden ist, soll der Besteller auch alles passend haben. Wollen Sie die Güte besitzen und diesen Zipfel ergreifen? Und jetzt wollen Sie bitte etwas zurückgehen. Sehen Sie, wie lang das Tuch ist? Wer soll damit allein zurechtkommen? Diese Tücher sind wie die Grabbinden der Ägypter. Bitte noch etwas nach rechts. Sehr gut. Es liegt wunderbar. Wir werden aber noch ein zweites auflegen. Es ist kleiner und sehr durchbrochen, die schwarzen Kreuze werden gut zur Wirkung kommen.«

Die beiden Männer stehen sich gegenüber, jeder hat zwei Ecken des weißen Stoffs in der Hand. Langsam gehen sie rückwärts, das Tuch entfaltet sich knisternd, es ist gestärkt. Wie ein Sonnensegel halten sie es über den Altar gespannt und senken es, nach dem sie es adjustiert haben, behutsam herab.

»Das ist es schon«, sagt mit beruhigendem Ton der Pfarrer. »Das war doch nichts, nicht wahr? Jetzt stellen wir nur noch die Leuchter zurück, bitte immer versetzt, einen auf den Altar, einen auf diese kleine Stufe, Carrara übrigens, wie Sie bemerken – es wirkt dann stattlicher.« Der Hauptmann bückt sich noch einmal, um das kleine Bronzekruzifix aufzuheben, er setzt es behutsam und bestimmt in die Mitte des Altars. »Ich sehe, Sie haben das Prinzip verstanden«, sagt der Pfarrer mit freundlichem Spott.

Plötzlich leuchtet eine starke Glühbirne auf, ihr Schein fällt auf das Altarbild, das vorher im Schatten verschwunden war. »Da haben wir es«, ruft der Pfarrer, »die Technik läßt uns nicht im Stich. Trotzdem vermag sie nicht viel. Das Bild bedarf der Restaurierung, so ist ja fast nichts mehr zu erkennen. Eine Ahnung nur noch, ein schöner Schein – wie alles auf Erden«, fügt er herzlich hinzu. »Jetzt müssen Sie mich entschuldigen, ich muß mich für das Seelenamt ankleiden – dazu werde ich Ihrer Hilfe aber nicht bedürfen.« Eine seiner Bemerkungen hat den Pfarrer mit heiterer Stimmung erfüllt. Er sieht den Hauptmann lachend an, dann verneigt er sich verbindlich und öffnet die Tür der Sakristei.

Nachdenklich schließt der Hauptmann die Augen. Seiner Aufmerksamkeit ist nicht entgangen, daß gewisse Unterschiede zwischen dem militärischen und dem kirchlichen Dienst bestehen. Die schmeichelnde Führung, die ihm der Pfarrer hatte angedeihen lassen und der Befehlston, der die militärischen Übungen leitete, auch die Sauberkeit des weißen Leinens und der Schmutz und Schlamm des Schlachtfeldes sprachen eine eigene Sprache. »Und doch«, sagt der Hauptmann, der die Schlüsse liebt, »gibt es auch etwas Gemeinsames: Beider Dienst ist auf den Tod gerichtet.« Bei dem Versuch, auf dem Wege weiterer Gleichsetzungen zu einer Auflösung der Figur zu finden, verwirren sich die Gedankenfäden des Hauptmanns. Er muß schließlich zufrieden sein, daß das Altarbild seine Augen in Anspruch nimmt und ihn damit von seinen Gedanken befreit.

Das Bild ist kerzenqualmschwarz. Unten windet sich ein schöner weißer Körper – vermutlich die Allegorie eines besiegten Lasters, der Eitelkeit, der Wollust oder der Völlerei. Schatten in Kniebeugen und Achseln, die anmutige Torsion des Oberkörpers rühren den Hauptmann, wenn er daran denkt, daß diese Herrlichkeiten, Dienst hin, Dienst her, trostloser Vernichtung preisgegeben sind. Obwohl es ihm selbstverständliche Überzeugung ist, daß Befehle unwiderruflich sind, und obwohl er den Tod, von seiner Unwiderruflichkeit aus betrachtet, als Befehl zu sehen gewohnt ist, schleicht sich zu seiner Verwunderung eine Art Bedauern über das grausame Ende so vieler Schönheiten in seine Überlegungen ein, als das Licht mit einem leisen Knall erlischt, und der schöne nackte Körper wie hinter einem schwarzen Samtvorhang verschwindet.

Eilige Schritte hallen durch die Kirche. Drei Menschen öffnen eine angelehnte Tür. Für einen Augenblick nimmt der Hauptmann Kerzenschein und das Geräusch sich unterhaltender Stimmen wahr. Er fühlt sich angezogen, verläßt den Altar, durchquert das Kirchenschiff und folgt den drei Menschen durch die Tür, die noch halb offen steht. Dort findet er zwölf Personen in jedem Alter vor, die auf Stühlen im Kreis um einen Tisch herum sitzen. Auf dem Tisch liegt ein großer Gegenstand, der mit einem violetten durchscheinenden Tuch bedeckt ist. Der Hauptmann stockt, er fürchtet in eine geschlossene Gesellschaft eingedrungen zu sein und als ungebetener Gast zu stören. Niemand kümmert sich jedoch um ihn. Man unterhält sich lebhaft. Über den violett bedeckten Gegenstand fliegen Rede und Gegenrede wie die Bälle munter hinweg.

»Das hat mit Sparsamkeit nichts zu tun!« sagt ein Mann mit Habichtsnase, »das ist bescheiden und hat eine schöne christliche Bedeutung!« Auf der anderen Seite antwortet ihm eine Frau in mittlerem Alter, der sich sofort alle Köpfe zuwenden: »Für mich ist das eine Frage des Anstands. Man muß ihm doch seine Schuhe lassen. Wir müssen dafür sorgen, daß er seine Schuhe anhat. Ein Mann von seinem Lebensstil hätte niemals dafür Verständnis aufgebracht. Ich kann ihn mir eigentlich auch gar nicht barfuß vorstellen.« Ein alter Mann ruft mit gesunder Stimme: »Dabei fällt mir eine wundervolle Geschichte ein. Kennen Sie den Witz, wo der arme Jude barfuß am Sabbat in die Synagoge kommt?« – »Längst, wir kennen ihn längst«, schallt es von allen Seiten. Ein kleines Mädchen sagt: »Ich kenne ihn noch nicht!« – »Wir müssen noch einmal zur Sache kommen«, sagt seine Mutter in entschiedenem Ton. »Für mich ist das bisherige Ergebnis unbefriedigend. Ich habe allerdings den größten Respekt vor Ihren Argumenten!« Der Mann mit der Habichtsnase dankt: »Ich halte es eben für eine wunderschöne Geste, ihn diesen Gang unbeschuht antreten zu lassen. Sie ist voll erhabener Einfachheit und hat auch für uns andere so viel Ausdruck.« – »Man muß auch an die schönen Schuhe denken. Sie sind wie neu. Vielleicht passen sie ja jemandem«, fügt ein Männchen mit kahlem Schädel vorsichtig hinzu. Empörung bei der Frau in mittlerem Alter: »Also doch nichts anderes als Sparsamkeit! Er war nicht reich, aber er war ein großer Herr auf seine Weise. Zieht ihm die Schuhe an, so wahr ich hier sitze! Ich werde dafür sorgen!« Eine alte Frau, die am Kopfende des Tisches sitzt, hebt eine Flasche Mineralwasser an ihren Mund und erfrischt sich, bevor sie zu sprechen beginnt: »Nur keine Exaltationen, meine Liebe! Hier bestimme immer noch ich! Wir halten hier eine freie Diskussion, ich habe mich noch nicht entschieden. Für die Tatsache, daß wir ihm die Schuhe lassen, spricht sein Charakter, der allerdings nicht der beste war. Dafür, daß wir ihm nicht die Schuhe anziehen, sprechen ökonomische und rituelle Gründe. Sprecht weiter, erörtert das Problem. Wir haben nicht mehr viel Zeit. Ich vermute, daß wir gleich gerufen werden.«

Etwas rührt sich hinter dem Rücken des Hauptmanns. Die beiden Frauen, deren Gespräch er anfangs belauscht hatte, sind mit dem Küster eingetreten. Die eine Frau hält ein Sträußchen Petersilie in den Händen, die andere winkt der Gesellschaft zu: »Auf, auf, es ist so weit!« – Während sich die Versammelten erheben, betrachtet der Hauptmann noch einmal den Tisch. Es wird ihm klar, daß ein Mann im schwarzem Anzug unter dem violetten durchscheinenden Tuch liegt, seine Hände sind gefaltet, seine Füße sind nackt. Unter dem Tisch steht ein Paar blankgeputzter schwarzer Schuhe.

Der Hauptmann verläßt als letzter die kleine Kapelle. Seine Gedanken werden von den blitzenden schwarzen Schuhen beherrscht. »Sie hatten die Kraft eines Denkmals«, denkt er, »jetzt, wo sie des Gebrauchs enthoben sind. Das ist allerdings eine traurige Monumentalität, traurig, weil sie ihre Wurzel im Absurden hat. Die Dinge, die für den toten Mann gemacht worden sind, stehen, durch sein Hinscheiden der Funktion enthoben, fast vorwurfsvoll an seiner Bahre. Sie sind die wahrhaft Hinterbliebenen, die wahrhaft Untröstlichen. Den Glücklicheren unter ihnen wird es wie den indischen Witwen ergehen, sie werden das Schicksal ihres Herrn teilen – sein Hemd, seine Krawatte – aber wehe denen, die ohne ihn weiter das Tageslicht ertragen müssen!«

Der Hauptmann steht im Mittelgang. Vor ihm liegt das Haupttor. Beide Türflügel sind weit geöffnet, die roten Vorhänge wehen im Wind. Die Abendsonne vergoldet den Himmel, der Türausschnitt ist von ihrem Glanz erfüllt wie ein mittelalterliches Bild. An der Seite steht der Küster, gegen das Licht nur als Scherenschnitt zu erkennen. Der Hauptmann geht an ihm vorbei, auf das strahlende Tor zu. Ganz kurz täuscht ihn das Abendlicht über die Tageszeit, als er den Kopf zum Küster neigt. Er grüßt den Mann und wünscht ihm einen guten Morgen.

EINE FREMDE

»Sehen Sie, das Land wäre an sich nicht übel, wenn es
eben nur keine Bauern gäbe«, sagte unsere magere, vor
Willenskraft berstende Freundin Claire zu unserer nicht
geringen Überraschung, denn es war das Bäuerliche ihres
neuen Hauses, das seinen Zauber ausmache, wie sie uns
kurz vorher erklärt hatte. Die kleinen Sprossenfenster
ließen ein Sonnenuntergangsrosa von leuchtender Fülle
in das niedrige weitläufige Zimmer fließen. Die Weiden
hatten nach einem feuchten Nachmittag, der sie mit Regen reich beträufelt hatte, die Farben satten Smaragdes
angenommen, und obwohl sich draußen auf den Feldern
schon die Zugvögel in wogenden Wolken zusammenfan-
den, waren in Claires nächster Umgebung noch einige
Vögel übriggeblieben, die dies gloriose Ende des herbst-
lichen Regens mit freundlichem Zwitschern bedachten.
Im Kamin brannte ein Feuerchen und durchmischte
die elegante Kühle des Tages mit warmen Strahlen. Alles atmete den tiefsten Frieden, eine Ruhe, die sich auf
unsere Arme und Beine legte wie ein leichtes Plaid, unter dem man seinen Mittagsschlaf hält. Der Duft des

brennenden Holzes verband sich mit einem Hauch, der sich am nassen Grase gesättigt hatte. Die erste Sherry-Karaffe war geleert. Wir rührten uns nicht in den tiefen Sesseln, deren Lehnen uns wie Mauern umgaben.

Nur Claire saß hochaufgerichtet. Sie bebte vor Entrüstung. »Wie es hier ausgesehen hat, als ich das ganze übernommen habe! Das Fachwerk draußen war mit grauem Eternit verschindelt – das Haus sah aus, als hätte es die Schuppenflechte! Zwischen den Fenstern war ein ganzes Stück Wand herausgebrochen, um für einen riesigen Philodendron ein Blumenfenster zu schaffen, und darüber eine bläuliche Lichtröhre, die diese grünledernen Ungeheuer zu immer rasenderem Wachstum bringen sollte; als ich das Haus übernommen habe, war selbst das maßlose Blumenloch schon wieder völlig zugewachsen – das Zimmer lag um zwölf Uhr mittags im Dunkeln. Und das war gut so! Wenn ich irgendwas gesehen hätte, wäre ich völlig entmutigt gewesen!« Claire gehörte zu den Menschen, die durch Häßlichkeit persönlich beleidigt werden. Sie entdeckte in jedem Geschmacksfehler eine Auflehnung gegen die kosmische Vernunft. Alles revoltierte in ihr gegen die Vorstellung, daß man ihr Haus in irgendeiner anderen Weise, als sie es tat, bewohnen könne.

Die Süße des verschwimmenden Lichtes hatte uns phantasielos gemacht, wir weigerten uns, einen Gedanken daran zu verschwenden, wie es in diesem Haus vor Claires Einzug ausgesehen hatte – war nicht alles so, als sei es schon immer so gewesen?

»Keineswegs!« rief Claire aus, ein unterdrücktes Aufheulen lag in ihrer Stimme. Ob wir nicht die dicht mit Heckenrosen überwachsene eingesunkene Feldsteinmauer draußen bemerkt hätten? Tatsächlich waren uns die dicken Hagebutten und das unregelmäßige graue Mauerwerk in wohltätiger Erinnerung geblieben. »Wissen Sie, was dort vorher war? Ein Jägerzaun!« sagte Claire mit einer Schärfe, die uns ein staunendes Schuldbewußtsein ins Herz senkte. Wie scheußlich – ein Jägerzaun. Und wir hatten die Mauer für selbstverständlich genommen und die Leistung, die in ihrer scheinbar bukolischen Hinfälligkeit verborgen lag, nicht bemerkt. Das Blumenmeer, die Staudenpracht, die fast bis zur Dachrinne aufstieg, hatte uns davon abgehalten, genau hinzusehen.

Der Herbst hatte Farbenklänge wie Orgelfanfaren hervorgebracht. Vor taubengrauem und regenweichem Himmel standen die goldfarbenen und tizianroten Astern bunt wie eine Armee barocker Landsknechte. Um Claires Haus herum zog sich ein Bauerngarten von ungezügelter Fülle, und wir fühlten uns in unserer Hoffnung bestätigt, daß es überall auch in unserer Welt noch Nischen gebe, in denen die Schönheiten des alten Landlebens fortbestünden. Endlich ein Garten ohne die frevlerische Hand des Gartenarchitekten! Eine Ordnung, wie sie aus dem unbewußten Gestaltungssinn bäuerlicher Natur erwachsen war! Verblaßte nicht jeder glanzvolle historische Park vor der urtümlichen Kraft, mit der die Bauern Beet neben Beet anordneten, ohne an das Dekorative auch nur einen Gedanken zu verschwenden? Und wie dann die ins Kraut schießende Kraft gesunder Pflanzen die Unschuld solchen kindlichen Planes sprengte!

»Der Garten war ein Alptraum«, sagte Claire. »Die

Bauern sind alle wahnsinnig geworden. Wissen Sie, was ich hier vorgefunden habe? Einen japanischen Steingarten! Hier lagen Findlinge! Hier wuchs Steppengras! Es gab einen Plastikteich mit Goldfischen und einer kleinen Windmühle daneben! Wissen Sie, daß hier vor dem Haus einmal eine Douglastanne gestanden hat?« Wir sahen schreckensstarr in Claires harten Blick. »Ich habe sie selber ausgegraben. Die Nachbarn ringsum halten mich seitdem für geistesgestört. Die Douglastanne gilt in dieser Region als Inbegriff des Fortschrittes und des Wohlstandes.« Wir vermochten dieser Theorie nicht zu widersprechen. Als wir Claires Haus suchten und an den Rändern des alten Dorfes herumirrten, waren wir immer wieder auf die Douglastanne gestoßen, deren blaue Zweige hier eine keramikgeformte Vogeltränke, dort einen buntlackierten alten Schubkarren voller Geranien beschirmte. Und immer aufs Neue fragten wir uns, ob Claire noch die gleiche sei, die wir gekannt hatten, dies nervöse Reh, das von seinen Ansprüchen in beständiges Beben versetzt wurde. Als wir aber schließlich das erste Haus ohne frisch verklinkerte Fassade entdeckten, ein Haus, das sich nicht schämte, ein paar hundert Jahre alt zu sein, beinahe überwachsen und mit samtenen Mooskissen zwischen den Pflastersteinen des Hofes, brachen wir wie aus einem Mund in bewundernde Reden über Claire aus und fanden es bezeichnend für sie, daß sie zwischen all den verdorbenen Behausungen der einheimischen Bevölkerung tatsächlich noch ein unzerstörtes Plätzchen entdeckt hatte.

»Die Pflastersteine kommen aus Hamburg«, sagte Claire. »Der Hof hier hatte seinen pflegeleichten

Kunststeinbelag wie jeder in der Gegend.« Abgrundtiefer Abscheu sprach aus ihr, und wir fühlten, wie unverständlich ihr die Schrecken der deutschen Provinz erscheinen mußten. Wir erlebten Claire zum ersten Mal auf dem Lande. Ihr Haus war als Legende allerdings schon seit Jahren ein fester Bestandteil ihres Lebens geworden und hatte doch etwas Unwirkliches behalten, denn Claire war ihrer ganzen zerbrechlichen Erscheinung nach zu metropolitan, als daß man sie sich mit Gummistiefeln und Rosenscheren hätte vorstellen können. Für uns hatte sie etwas Südliches, vielleicht auch etwas Östliches. Im übrigen fragte man eine Frau wie Claire nicht nach ihrem Herkommen, denn Großstädter haben keine Eltern. Aber selbst diese hypersensible Kosmopolitin hatte offenbar dem Drang nicht nachgeben können, sich einen Ruhesitz auf dem Lande zu schaffen, von dem sie bisher zwar nur an wenigen Tagen im Jahr Gebrauch machte, der aber in ihrer Phantasie ihrem anstrengenden Alltag ein kraftspendendes Ziel schenken mochte. Wir erkannten ihr blau-weißes chinesisches Porzellan wieder, das im Halbdunkel schimmerte, und wir bewunderten die seltsame Verbindung aus schwarzen spanischen Truhen und frivol geschweiften Napoleon-III-Möbeln, Teppichen, die über den Tischen lagen, und Schmetterlingskästen, die von bunten Faltern starrten. Auf dem Kaminsims stand ein üppiger Strauß aus leuchtend blauen Blüten, herbstlich grünlichen Hortensien und welkenden hundertblättrigen Rosen, von denen ab und zu ein Blatt auf die stumpfen, grauen Dielen des Holzbodens fiel und sanfter, aber auch schmerzlicher als eine Sanduhr an die unerbittlich verstreichende Zeit gemahnte.

»Die Arbeit an diesem Haus hat mich eine ruinöse Menge Zeit gekostet«, sagte Claire, während sich ihr Blick an die gelben Flammen heftete, als liege dort ihre Vergangenheit. »Nichts, aber auch gar nichts durfte so bleiben, wie es war. Der Fußboden in diesem Zimmer war mit einer doppelten Schicht eines zementgrauen Linoleums beklebt, das zur farblichen Aufheiterung asymmetrisch gelb und rot gesprenkelt war. Wer hat den Bauern gesagt, daß sie ihre alten Häuser derart gemein zurichten sollen? Mir ist das alles ein nahezu unheimliches Rätsel.« Claire war ins Sinnen geraten. Wir ahnten, daß sie an den Quellen der gewaltigen und eigentlich immer noch unbegreiflichen kulturellen Veränderungen in unserem Jahrhundert schürfte. Ihr überlegener Geschmack hatte sich an den vorgefundenen Scheußlichkeiten förmlich wundgerieben. Wir sahen Claire in ihrer poetischen ländlichen Behausung, die den warmen Glanz einer in Jahrhunderten gewachsenen Ordnung ausstrahlte, und die offensichtlich dennoch vor wenigen Jahren noch nichts von dem besessen hatte, was uns jetzt bezauberte, wie einen Flüchtling, der vor der steigenden Flut des Häßlichen bis auf den äußersten Baumwipfel gestiegen ist. Alles Alte war längst dahingemäht. Wo man noch etwas davon zu erblicken glaubte, war es in Wahrheit Claire, die sich mit ihrer unerhörten, vor keiner Schwierigkeit zurückschreckenden Energie eine eigene neue Welt aus dem Stoff ihrer großen Bildung und ihrer Sensibilität geschaffen hatte. Respekt, aber auch Schauder beschlich uns. Die Beiläufigkeit, mit der Claire ihre Schätze in diesem altertümlichen Gehöft arrangiert hatte, diese noble Abgegriffenheit und Verstaubtheit sollte allein das Werk ihres eisernen Willens sein?

Wir wagten schon längst nicht mehr, Claire zu fragen, woher die kleinen grauen, wie holzgeschnitzten Äpfel in den Sevres-Körben, von denen fast alle Vergoldung schon heruntergewaschen war, wohl stammen mochten, denn wir wußten allzu gut, daß für Apfelbäume, die solches köstlich würzige Obst hervorbrachten, in der ganzen Gegend eine Abholzprämie gezahlt worden war. Im Garten welcher verlassenen französischen Karthause hatte Claire diese Apfelbäume am Ende wiedergefunden? Was hatte der Transport und die Umpflanzung dieser Bäume allein gekostet? Wir erbleichten, als wir uns den numidischen Reichtum vorstellten, der die Voraussetzung für ein einfaches Leben ohne Häßlichkeit darstellte.

»Die Bauern hassen die Natur«, sagte Claire, die ihre Augen von den Flammen gelöst hatte und nun wie erblindet in das Dämmern sah. Sie erzählte mit ersterbender Stimme von ihrer Gemüsezucht, die sie an der Stelle, an der die letzten bäuerlichen Besitzer einen stupiden Rasenteppich hatten wachsen lassen, voller Liebe und mit gediegenen Kenntnissen betrieb. Der einzigartige Geschmack ihrer Karotten, die wir lauwarm mit etwas Walnußöl und grünem Pfeffer zur Vorspeise bekommen hatten, lag uns noch auf der Zunge. Eine in der Stadt gekaufte Karotte war nichts als süßliche Säuglingsnahrung dagegen. Aber Claire wies müde und dennoch entschieden jedes Kompliment zurück: Was waren die Karotten gegen ihren Lauch, gegen ihr Sellerie, erst recht gegen ihre Kartoffeln! Von den Kräutern ganz zu schweigen! Aber welchen wahnwitzigen Aufwand dies wenige Gemüse auch verlangt habe! Die Qualität eines Gemüsegartens stehe und falle mit der Sorgfalt, mit der der Komposthaufen gepflegt werde; dazu nickten wir kundig, denn soviel war uns aus der in den Städten geführten politischen Diskussion bekannt. Bevor Claire überhaupt an die grundlegende Umgestaltung ihres Hauses gegangen war, hatte sie mit der Anlage eines hochwertigen Komposthaufens begonnen, wobei sie selbstverständlich auf keinerlei nachbarliche Unterstützung zählen durfte, denn diese Wissenschaft war bei den Dorfbewohnern längst untergegangen.

»Im Gegenteil!« rief Claire. »Man hat mich verklagt! Man hat verlangt, daß ich meinen Komposthaufen sofort wieder wegräumen lasse! Man hat behauptet, von dort könne Ungeziefer in die Nachbargärten eindringen! Die Bauern hatten Angst vor Fliegenlarven, Engerlingen und Regenwürmern! Ich mußte bis in die letzte Instanz gehen! Es hat drei Jahre gedauert, bis ich jeden Widerstand niedergekämpft hatte!«

Die Ehrfurcht vor Claires Titanenleistung ließ uns fast vollständig zusammenfallen. Wir waren glücklich, daß wir von den tiefen Sesseln einigermaßen in Form gehalten wurden. Was hatte diese Frau nicht alles umgewälzt! Wie unerschrocken hatte sie jedes Detail, das Zeugnis von unserem ästhetischen Verfall gab, ausgemerzt! Und doch – lag nicht auch etwas Don-Quichotteskes in ihrer Mission? Mußte sie ihre Kräfte ausgerechnet an einem Haus erproben, das durch die Nachkriegsjahre schon endgültig zerstört schien? Mit etwas Glück fand man doch gewiß auch weniger ramponierte Objekte. Was hatte Claire getrieben, sich am

Unmöglichen zu erproben? »Bitte, Claire«, fragten wir, »wenn alles hier so schlimm war, wie Sie es uns höchst glaubhaft beschreiben – warum haben Sie dann das Haus überhaupt genommen?«

Claire hob ihren Kopf, der gegen das schwindende Licht nun vollends schwarz erschien, und in dem das Feuer nur in den Augen und auf den rotgoldenen barocken Ohrgehängen ein Licht blitzen ließ, und antwortete überrascht über die Torheit unserer Frage mit einer Stimme, aus der weder Kampf noch Trauer, sondern nur die schiere Selbstverständlichkeit klang: »Aber das hier ist mein Elternhaus!«

Das Feuer knackte, ein weiteres Rosenblatt fiel auf den Boden, und draußen hoppelte ein Hase über das Feld, bewegte sich aber eigentümlich langsam, als ziehe er etwas Großes, Unsichtbares hinter sich her.

STILLEBEN MIT WILDEM TIER

Neapel ist eine Weihnachtsstadt. Nirgendwo greift das christliche Fest Weihnachten so tief in das Privatleben der Menschen ein. Das Ehepaar Gennaro und Rosetta Esposito wohnt mit drei herangewachsenen Söhnen in vier Zimmern. In den Weihnachtswochen sind es nur noch drei, denn das sonst kahle Wohnzimmer ist ausschließlich der Krippe vorbehalten. Zur Weihnachtskrippe der Espositos gehören über dreihundert Figuren, jede so groß wie eine junge Taube. Die kleinen bräunlichen Köpfe haben Glasäugelchen und tragen geschneiderte Kostüme aus bunten Seidenläppchen. Wenn man die Wohnzimmertür vorsichtig öffnet, steht man unversehens bis tief über die Knöchel in der Weihnachtskrippe. Das kleine Volk drängt sich bis an die Wände.

Jedes Zimmer gleicht einer Landschaft, aber dieses Zimmer ist tatsächlich ganz zur Landschaft geworden. Das Sofa, der Sofatisch, die Sessel, die mächtigen geschnitzten Kredenzen und die kleinen Tischchen, auf denen sonst Aschenbecher stehen, haben sich in die Hügelketten rund um die heilige Stadt Bethlehem verwandelt. Ein riesiges, fein geknittertes, mit braunen Pinselstrichen unregelmäßig geflecktes, blaßgrünes Tuch hat sich über die Möbel gelegt wie ein vom Himmel gesunkener Fallschirm und die voneinander geschiedenen Erhebungen miteinander verschmolzen. Aber von diesem Untergrund ist kaum etwas zu sehen. Er ist bedeckt von der Menge der Menschen und Herden. Metzgereien mit abgehauenen Schweinsköpfen, Därmen, Schinken und halbierten Brustkörben, Schusterstände mit dreißig verschiedenen winzigen Schuhen, Schusterkugeln und Rohlederstücken, Schneiderwerkstätten mit Nädelchen und Metermaß, Schere und Bügeleisen, Fischmärkte mit allen Fischen des Mittelmeeres, Miesmuscheln, Langusten und aufgeschnittenen Zitronen, Melonenhändler mit Waage und langen Messern, Wirtshäuser mit Fässern, geräuchertem Käse in kleinen Netzen, geflochtenen Stühlen und Schiefertafeln, auf denen die Zeche notiert wird, bilden eine belebte, ja übervölkerte Stadt. In größerer Ferne, dort wo der Hügelzug sich auf die Höhe des tafelbergartigen Sofatisches erhebt, weiden die Schafe, aber auch die krummgehörnten Büffel, denen die Mozzarella zu verdanken ist. In der Nähe wird denn auch Käse hergestellt, ein Mädchen sitzt am Butterfaß, ein anderes tanzt zum Tamburinrhythmus. Hirten spielen den Dudelsack, füttern ihre Hunde, entzünden Feuerchen aus kleinen roten Glühbirnen und würfeln, während sie die Verkündigung erwarten. Die Heilige Familie ist nur mit Mühe zu finden. Sie hat sich in einer römischen Ruine gelagert, deren Säulen aus Kork geschnitzt sind, aber in der Krippe liegt echtes Stroh und die schönen Kleider von Maria und Joseph werden mit zartem eingezogenem Blumendraht in bewegtem Faltenwurf gehalten. Von dem Wandbrett, das das Fernsehgerät trägt, hängen an Angelschnüren Engel herab, die Rauchfässer in den gespreizten Fingern halten und mit nackten rosigen Füßen in der Luft tanzen.

Fremde Leute betreten selbstverständlich niemals die Wohnung der Espositos, aber die Mitglieder der weiteren Familie dürfen an den Weihnachtstagen ihren Kopf durch die halbgeöffnete Wohnzimmertür stecken und den Volksreichtum betrachten. Sie blicken dann auf eine Menge, die vom kalten Licht der Deckenlampe übergossen schreckenstarr wie unter der Strahlung eines bösen Sternes steht.

Das Alltagsdasein des Krippenvolkes sieht anders aus. Die Fenster des Wohnzimmers gehen auf den Hof und lassen ein dämmriges Licht herein, das gut zum Schweigen paßt. Vor den Fenstern steigen Körbe an Wäscheleinen auf und ab, sie schweben leer hinunter und sind mit Tomaten, Zwiebeln und grünem Salat gefüllt, wenn sie wieder hinaufgezogen werden. Sonst bewegt sich nichts. Die kleine Welt wartet, während die großen Pendel den Herzschlag des Erdinnern anzeigen.

Dann plötzlich regt sich ein Schatten zwischen den Apfelkörben einer Obstfrau. Im grünen Stoff bewegt sich eine Falte. Ein Limonadenverkäufer schwankt. Eine Hausfrau mit Einkaufstasche neigt sich zu ihrer steifen Tochter, als höre sie nicht recht. Ein Weinfaß rollt aus den Händen, die es schieben. Diese leichten Bewegungen bilden eine Spur, der das Auge eines Zeugen, wäre er gegenwärtig, folgen könnte. Da steht die Schafherde mit ihren schön gelockten Fellen. Weiße Schafe, äsende Schafe, schlafende Schafe. Darunter auch ein graues, seltsam kurz geschorenes Schaf mit langem rosigem Schwanz. Es verläßt den Pferch ohne Eile. Es ist eine Maus.

Nicht nur die Familie Esposito, sondern jeder Mensch, der vor ihnen diese Wohnung bewohnt hat, mußte mit den Mäusen kämpfen. Immer neue Klagen des Kondominiums häufen sich bei der Hausverwaltung. Viele Löcher sind schon gestopft worden und viele Mäuse sind in Mausefallen verdorben, aber es kreist immer wieder ein frisches neues Mäuseblut. Die Maus in der Krippenlandschaft ist allein. Sie ist das einzige fühlende Wesen unter so vielen Leben vortäuschenden Puppen. Sie durchschweift das weite Feld. Ihr schwacher, aber schneller Pulsschlag teilt sich der starren Umgebung mit. Wo sie sich aufhält, scheint sich ein leiser Atem zu regen.

Da fällt etwas Dunkles ins Zimmer. Draußen schwebte eben noch ein Korb, der sich nach einer Seite neigte, und nun sitzt eine schwarze Katze auf der Fensterbank, blickt mit gespannter Geistesgegenwart ins Zimmer, schlüpft durch den Fensterspalt, ohne den Rahmen zu berühren, und springt langsam und kraftvoll wie einst nur Nijinski auf den Fußboden mitten hinein in den Fischmarkt. Dort hält sie inne, aber ihre Augen verraten rastlose überwache Gedankenarbeit. Sie ist groß. Ihre Pfoten bedecken mühelos ein Puppengesicht. Ihr Körper drängt das kleine Volk auseinander. Fischhändler und Hausfrauen sind umgesunken, eine Gruppe tarantellatanzender Lazzaroni liegt niedergemäht und streckt die Beine in die Höhe. Was wäre, wenn die Maus nun stillhalten könnte? Bliebe sie unentdeckt, wenn sie sich zwischen den Kamelen der

Heiligen Drei Könige niederließe? Bestünde Hoffnung für sie, wenn es ihr gelänge, wie ein kleiner, pelziger Dudelsack auszusehen? Oder wenn sie sich in die Bärenfellmütze eines nach Neapel verirrten Husaren verwandelte? Statt dessen begreift sie ihre Verlassenheit und wird vor Angst verrückt. Wie aufgezogen läuft sie zwischen den kleinen Beinen hin und her. Das Wanken der Figuren bezeichnet ihren Weg auch dann, wenn die Fülle der Requisiten sie einmal den gelben Blicken der Katze entzieht. Deren Pupillen sind das einzige, was sich an dem wilden Tier bewegt. In ihrem Innern läuft eine Uhr. Es ist noch nicht soweit, deshalb rührt sie sich nicht.

Dann ein Sprung wie ein lautloser Kanonenschuß. Der Metzger wird zur Seite gefegt, die Zecher im Wirtshaus fallen von den Bänken, in der Landschaft bildet sich ein Krater von Toten. Die Maus zuckt noch. Geschäftig legt sich die Katze den zappelnden Körper zurecht, der sich dem Zubiß noch entzieht. Majestätisch und grausam wie Dschingis Khan zieht sie dann zum Fenster zurück; die Maus hängt als Mongolenschnurrbart rechts und links von ihrem Maul herunter, und auf beiden Seiten des ruhigen Ganges fallen Schuster, Mohren, Bauernmädchen und Mandolinenspieler. Am Fenster schwebt ein Korb vorbei. Die Katze besteigt ihn, ohne sich umzusehen. Die Stille ist nicht gestört worden, und doch gleicht das Tal zu Füßen der Heiligen Familie einem Schlachtfeld. Am Tisch des Metzgers blitzt sogar ein Tröpfchen echtes Blut.

»LARGO«
Un pastiche de genèse indéfinie

Das Bücherzimmer des Grafen Medinis lag im zweiten
Stock des Palazzo Felze. Schlanke, in den Kanneluren
vergoldete Säulchen unterteilten die halbhohen Bü-
cherschränke, die gleichmäßig mit gleichmäßig hohen
Bänden in wappengepreßtem Schweinsleder gefüllt waren. Darüber spannte sich bis zu dem von feinen Sprün-
gen durchzogenen Stuckhimmel eine grüne Seide, der
die Zeit alle erdenklichen Tönungen verliehen hatte:
In der Nähe der Fenster war sie ausgebleicht wie weißes
Papier, vor allem in der Ecke, wo Rosa aus Südtirol wie
einst ihre Vorgängerinnen nachmittags die Läden öffnete, um das Zimmer, in dem der Tee getrunken wurde,
davor etwas zu lüften; an der hinteren Wand aber, wo
während des Krieges, als es so wenige Handwerker gab,
der Wasserschaden entstanden war, hatte die Seide den
Charakter ausgetrockneten, brüchigen Mooses angenommen.

Dieses schwarze Moosgrün schuf einen unmerkli-
chen Übergang zu dem fließenden Gewand aus gleich-

falls schwarzem Crêpe-de-Chine, das die Gräfin Mutter Medinis in solch weiten Falten umhüllte, daß es unmöglich war, mit Bestimmtheit festzustellen, ob sich darunter nichts als Luft befand oder die spröden Hühnerknöchelchen einer uralten Dame, so daß ihr gläsern weißes Schildkrötenhaupt manchmal wie ohne dazugehörigen Körper über dem düsteren Stoff zu schweben schien. Als sie dann aber auf dem einzigen Sofa des Zimmers Platz nahm, das nicht seinen blitzenden Seidenbezug zeigte, sondern mit einer weiten faltenreichen Husse bedeckt war, sah es plötzlich aus, als ob das ganze Sofa ihr breit lagernder Körper sei, auf dem ihr von schneeigen Strähnen umflogener Kopf sphinxhaft thronte.

Ihr Sohn, mit glatt gebürstetem ovalem Schädel – trug er nachts ein Haarnetz? – und mit in mildem Salbenglanz schimmernden Wangen stellte mich ihr mit kleinen Handbewegungen vor, was sie zufrieden lächelnd mit der Bemerkung: »Ah, aus Venedig!« zur Kenntnis nahm, wovon allerdings nicht gesprochen worden war. Ihr zugewandt saß ein kleiner, magerer Mann auf dem äußersten Rand eines mächtigen, mit rotgoldenen Schnecken überwachsenen Sessels. Sein Gesicht und sein Anzug waren wie aus Schnürsenkeln und Schuhwichse – »Ein unglücklicher Mensch, nennt sich Graf Zapponi, hat immer eine rührende Konversation mit der Mama!« flüsterte mir Medinis ins Ohr. Die übrigen Gäste des Tees waren einige ernst blickende, in Silber und Emaille gearbeitete Kopfreliquiare, die sich mit ihren funkelnden Mitren und Kronen auf Säulen und samtbedeckten Tischchen abseits von der Gesellschaft hielten, von braunen Schatten erwärmt, die

164

von den Wänden herünterfielen, wo sich hoch oben Guido-Reni-Werkstattarbeiten mit Pittoni-Schulstücken berührten.

Der Nachmittag hatte ein Programm: die Vorbereitung einer musikalischen Soiree. Als Botin der Außenwelt stand Rosa unter dem marmornen Türsturz und verkündete die Ankunft von Herrn Sbirro: »Signor Conte, è arrivato il Signore Sbirro!« in anheimelnd kehliger Heiserkeit. Das opalisierende Nachmittagslicht teilte sich vor einem Riesen, dessen kleine Füße sich zu seinen schwellenden Hüften verhielten wie der Messingnagel an der Spitze eines Holzkreisels zu dessen wohlgerundetem Leib, und der sich tatsächlich, ähnlich einem solchen Kreisel, in einem langsamen Halbkreis, wie von einem Peitschchen virtuos in Bewegung gesetzt, der Gesellschaft näherte, bei jedem seiner gleichmäßigen Schritte alle Gegenstände des Zimmers in eine summende Erschütterung versetzend. Sein kappenhaft dichtes Haar umschloß ein olivgetöntes, regelmäßig-volles Antlitz, aber seine Augen, die braunen Augen einer sarazenischen Haremsdame, blickten, als ob er den Kristallpokal der Schmerzen bis zur Neige geleert habe. Losgelöst von ihrem Arm schwebte die Spinnwebhand der Gräfin-Mutter auf einem mit tanzenden Goldkörnchen gefüllten Sonnenstrahl. Der Eingetretene küßte sie in zärtlicher Wehmut mit leicht gespitzten Lippen, so wie er am Weißen Sonntag einem ihm von seiner kleinen Nichte mit klebrigem Kinderhändchen dargebotenen Marzipanschwein den Schwanz abgebissen hatte. Graf Zapponi, der sich bebend vor feierlicher Begeisterung erhoben hatte, – »Er liebt die Musik! Ich glaube, er unterrichtet auch – irgendwie«, murmelte Medinis mit weißen Augen – erreichte einen Grad disziplinierter Hingabe, die ihn auch körperlich so zusammenfaßte, daß er mehr denn je einem Schnürsenkel glich.

Signore Sbirro trug unterm Arm eine Schallplatte in einer zitronengelben Hülle, der Umschlag war schwungvoll mit zinnoberroten Lettern geschmückt, die die Worte »Aria senza voce« bildeten. Er war Sänger und auf dem Höhepunkt seiner Laufbahn. Sein »Alfredo« im Städtischen Opernhaus von Recanati war ein triumphaler Erfolg gewesen. In Rom sollte man ihn zunächst nur bei den Medinis hören, auf Vermittlung des stellvertretenden Direktors eben des Konservatoriums, in dem Zapponi eine Mittelstellung zwischen einem wenig gefragten Blockflötenlehrer und einem nicht ganz zuverlässigen Hausmeister bekleidete. »Aber zunächst muß ich die Akustik prüfen, die Akustik ist das wichtigste!« hatte mit fürstlichem Groll der Künstler erklärt, so wie ein Duell-Sekundant den Pistolenkasten zu untersuchen wünscht, und obwohl Medinis ihm vorgestellt hatte, daß Liszt sich anläßlich seines vor einhundertundsiebzehn Jahren im selben Raum gegebenen Konzerts mit der Akustik zufrieden gezeigt habe, war eine Einladung des Meisters zum Tee, die Gelegenheit zu den gewünschten akustischen Untersuchungen geben sollte, unumgänglich gewesen.

Mit derselben Selbstverständlichkeit, mit der Medinis bei Erhalt der Nachricht vom Tode seines Vetters Zeppi Rosa beauftragt hatte, aus den labyrinthischen, teilweise spätantiken Kellern den Pappkarton mit den Trauerfloren für die Fotografie der Verstorbenen und den Anzugärmel hervorzuholen, jener mondänen Geläufigkeit, die sofort mit dem schönen Gefühl der Angemessenheit einer solchen Handlung belohnte, hatte er, nachdem er Signore Sbirro gebeten hatte, ein Briefchen an den Grafen Zapponi geschickt und ihn dazugeladen – »Sie müssen wissen, er liebt die Musik!« Der Meister, dessen vollen Mund bei der Begrüßung der alten Dame noch schmelzende Rührung umspielt hatte, nahm die Nachricht von des Grafen Zapponi Musikliebe mit der Miene eines totgeweihten Kampfstieres auf, während Zapponi, in fanatischer Begeisterung nichts als »Signore!« hervorbringend, dem Blick des Fürchterlichen standhielt.

»Auch ich liebe die Musik«, versicherte mir Medinis, indem er sich zu mir wandte, mit leiser Stimme, die wie vom unterdrückten Weinen eines Kindes umwoben war. »Die Umstände hier waren dem nicht günstig, aber ich erinnere mich an mein Lieblingsstück, ein Konzert, wie ich glaube, von Beethoven, für die Violine oder für das Piano, ich bitte Sie inständig, mich nicht festzulegen; wenn man wie ich das Greisenalter von fünfzig Jahren erreicht hat, läßt das Gedächtnis einen oft im Stich!«

Sbirro, der sich neben der Gräfin niedergelassen hatte, konversierte gedämpft, indem er dem mit Stolz auf diesen Augenblick erfüllten Zapponi den mächtigen Rücken so entschieden zukehrte, daß der zwergenhafte Musikfreund, auf der äußersten Sesselkante balancierend, das magere Hälschen hin und her wenden mußte, um gelegentlich einen Blick der Gräfin erhaschen zu können.

Wie satt ruhendes Schlangengewürm lag ein Knäuel schwarzer elektrischer Schnüre in der Zimmerecke, die

Köpfe gemeinsam in einen beschädigten Doppelstecker getaucht. Daran angeschlossen stand auf seidenem Tabourett ein kleines Koffergrammophon, das, obschon auf einem Schildchen als italienisches Fabrikat ausgewiesen, der Familienlegende nach von Medinis, dem Vater, in Rumänien erstanden worden war.

Mit mühsam beherrschter Nervosität, als ob er der Sprengung einer Eisenbahnbrücke beiwohne, überwachte Medinis, wie Sbirro mit mehlweißen Händen das Knöpfchen des Apparates drehte, zuckte unmerklich zusammen, als ein leises Knacken verriet, er sei nun angestellt und nahm rasch auf einem Scherensessel Platz, als sich der Sänger umdrehte.

»Ich singe zunächst das ›Largo‹ aus ›Xerxes‹ von Händel«, sagte Sbirro mit der einem Beerdigungsunternehmer eigenen Mischung aus Sachlichkeit und Tragik, die immer dann vonnöten ist, wenn es gilt, die Trauergäste aufzufordern, etwas vom offenen Grabe zurückzutreten.

Die Musik hob an, durch die Abgenutztheit der Schallplatte und den historischen Zustand des Grammophons gedämpft wie die tapferen Bemühungen des Kurorchesters von Brighton, das trotz eines sommerlichen Wolkenbruchs in seinem Pavillon vor leeren Reihen aushält. Jeder Unterschied zwischen den Stimmen, den einzelnen Instrumenten des kleinen begleitenden Arrangements war verschwunden. Die Partitur war zusammengeschmolzen worden im Ofen der Zeit und unter dem rauschenden Regenfall vermeinte man ein eigentümliches, vielleicht harfenartiges Instrument zu hören, das teilweise mit Bögen gestrichen, teilweise wie ein Klavier mit Hämmern zum Klingen gebracht wurde. Ein weinendes Strömen war diesem Klang eigen. Sbirro lauschte konzentriert. Im Gegensatz zu den anderen Versammelten kannte er seinen Einsatz und wußte, wann das genüßliche Zuhören den körperlichen Vorbereitungen seiner Kunst zu weichen hatte. Die ganze berühmte Melodie präsentierte sich zunächst instrumental. Da das Vorspiel nach den Begriffen des Grafen Medinis noch nicht zur Kunst selbst gehörte, erlaubte er sich mit nüchterner Geste noch einen Griff nach dem am Rande reich mit Wappen gravierten, tischplattengroßen Silbertablett, in dessen Mitte sich wie eine Insel aus behauenem Tuffstein in einem spiegelblanken Schloßteich ein kleines Gebirge aus kreisrund ausgestochenen, mit grauer Kaviarpaste bestrichenen Toastscheibchen erhob.

Zapponis Pechaugen erloschen unter der Musik so langsam wie die Kronleuchter in einem Theatersaal vor dem Öffnen des Vorhangs. Beim ersten Tone des Gesangs würde er völlig erblindet sein. Auch die Augen der Gräfin begannen sich nach innen zu kehren. Reptilienhaft stiegen die unteren Augenlider allmählich empor und berührten in Bruchteilen von Sekunden die oberen Augenlider, um nach dieser Berührung erschreckt und entrüstet wieder zurückzufahren. Sbirros Marmorantlitz begann sich zu straffen. Er erhob sich, legte sein arabisches Haupt zurück und öffnete seinen Mund so leise wie ein Karpfen. Ein fremder, sehr hoher und langgezogener Ton, müheloser als eine Glocke am Abend, floß heraus und endete spät in einem kleinen Seufzen.

Wer kannte dieses Stück nicht? Wie eine Perle aus einer dicken Austernschale war die Arie aus ihrer prunkvollen Oper herausgerollt, die sonst nichts besaß, was ihr ebenbürtig gewesen wäre, und hatte ein eigenes Leben im Herzen des Volkes begonnen. Sie hatte sich mit der Religion verbunden und war zu deren höchstem Ausdruck geworden. Gegen Ende der Arie gab es eine wehe, in große Höhe steigende Passage in gebrochener Tonart, die sich bald darauf in süßeren Takten wieder senkte und eine bezaubernde Resignation ausstrahlte, alle zu Tränen rührend, deren Seelen bittere Enttäuschungen hatten hinnehmen müssen und die sich trotzdem für groß und schön halten durften. Sbirros flötengleiche Stimme, hell und von durch meisterhafte Technik geglätteter Sprödigkeit, drohte, wie von innerer Bewegung zerrissen, an dieser Stelle zu brechen, doch männlich faßte sich der Künstler und das, was sich eben noch als Aufschrei nackten Schmerzes vorzubereiten schien, zeigte nun nur noch in gezügeltem Schluchzen das friedvolle Gesicht verklärter Überwindung.

Mit flachem Atem, den der Instinkt gewissen Tieren eingibt, wenn sie im Winterschlaf in monatelange Unbeweglichkeit verfallen, nahm die Gräfin den Gesang in sich auf. Die Weise war ihr wohlvertraut. Sie hatte ihr ganzes Leben hindurch bei allen Sonntagsmessen den Augenblick der Heiligen Wandlung begleitet – zwanzig Jahre in Triest, zehn Jahre während ihrer Ehe auf dem Besitz San Celeste bei Udine, dann in den Jahren mit dem kleinen Vittorio in Rom –, so daß ihr allmählich die Sicherheit erwachsen war, das Wunder der Transsubstantiation, der Verwandlung der kleinen Hostie in das Fleisch des Herrn, geschehe nicht durch die Wirkung der geflüsterten Einsetzungsformel,

sondern durch das Ertönen des »Largo« auf einem seitlich des Hochaltars aufgestellten Harmonium. Sie vermeinte, das Prägebildchen der Hostie, das sie immer
nur flüchtig hatte wahrnehmen können, auf dem Gaumen zu spüren und sie bewegte unwillkürlich ihre rosa
Katzenzunge, um, wie seit siebzig Jahren vergeblich,
das Bildchen durch vorsichtiges Betasten zu enträtseln.
Das Wunderbare an diesem Bildchen war, daß es, wenn
man es mit feuchter Zunge berührte, sofort zerging und
nichts als den Geschmack aufgeweichten Seidenpa-
piers im Munde hinterließ.

Den Töchtern von den Heiligen Engeln in Triest
hatte man ihre religiöse und profane Unterweisung an-
vertraut. Von ihnen war die Gräfin auch auf die Erste
Kommunion vorbereitet worden. Der hohe Tag hatte
früh begonnen. Jedes ihrer rotblonden dünnen Haare
wurde von Schwester Geronima mit der Brennschere
so lange behandelt, bis gold-gelbe Garnrollen ihren
Kopf fest umgaben. Im Sprechzimmer war ihre schwarz-
gekleidete Tante Bragovich auf sie zugeflogen und
hatte tränenblind ein Onyxkreuz auf dem Kinderbrüst-
chen befestigt, ohne sich hierzu ihrer Handschuhe zu
entledigen. Dann kam die Rosenkranzandacht mit den
anderen Mädchen. Neben ihr stand ein dickes weißes
Kind und flüsterte ihr zu: »Glaubst du, daß es Fleisch
wird? Wenn es Fleisch wird, spucke ich es wieder aus!«
Name und Gesicht dieses Kindes war der Gräfin in die
bodenlose Dunkelheit des Brunnens gesunken, der im
Hofe ihrer Erinnerung einen bedeutenden Raum ein-
nahm. Nur seine Kissenweichheit stand ihr noch vor
Augen und in ihren Ohren klang bis heute noch sein
unartiges Wispern. Sie spürte bis heute, wie unbehag-

lich ihr sofort in ihrem Spitzenkleid mit der weißen Taftschärpe geworden war.

Häßliche Küchenbilder stiegen vor ihr auf: augenlose, frisch gehäutete Lämmer, süßer Blutgeruch und die rote Hand der Köchin, die mit schrecklichem Griff in ein totes nacktes Huhn fuhr, um glitzerndes Geschlinge daraus hervorzuholen.

Die schwarzen Flügel der Nonnentracht umflatterten die bekränzte weiße Schar und ordneten sie in zwei Reihen, indem sie die Kommunikantinnen behutsam über den schwarz-weiß gewürfelten Marmorboden schoben. Milde Musik setzte ein. In den Händen hielt sie die Rosenkranzperlen und ein Gebetbuch, während die Reihe der Spitzenkrägelchen gleich einer dünnen Raupe aus Sahnebaisers nach vorne kroch, wo inmitten einer vergoldeten und miniaturisierten Palastfassade der leinengedeckte Altar stand.

Immer, wenn etwas blutete, holte man weiße Binden, Tücher, Pflaster, Leinenstreifen. Auch in der Küche verwendete man viel Leinen. So erinnerte sie sich an ein großes Leinenpaket auf dem blank gescheuerten Küchentisch, eigentümlich feucht und sehr schwer, das, als sie es neugierig angestoßen hatte, zur Seite rollte und im Auseinanderfallen einen abgehackten Schweinskopf mit blauen Lippen enthüllte, dessen Augen wie beim Erwachen aus tiefem Schlaf halb geöffnet waren. Dennoch hatte das dicke unartige Kind sicher Unsinn gesprochen. Im Unterricht war ganz deutlich, wenn auch in gehörig zarter Weise gesagt worden, daß, obschon die Verwandlung des Brotes in den Leib des Herrn eine tatsächliche sei, dies alles in höherer und geheimnisvoller Weise geschehe und eine Änderung der Brotgestalt jedenfalls in der Regel nicht zu erwarten stehe.

Der Priester wandte sich nun zum Volke, scheinbar ohne seine Füße dabei zu bewegen wie eine kompakte kleine Heiligenfigur, die man auf ihrem Sockel, an den sie festgeschraubt ist, drehen kann. Sein Hals war vollständig in seinem kurzen Messgewand aus brettsteifem Brokat verborgen und Stola und Schultertuch überragten seinen Nacken und seinen Hinterkopf in einer Weise, daß sein runder ältlicher Schädel mit der goldenen Brille und der grauen Haarbürste wie aus einem Panzer herausguckte. Seine Brötchenhände, deren Finger aneinandergebacken waren wie die Hefeschnecken der Nonnen am St. Barbarastag, hielten die kleine runde Hostie, die aussah wie vorher, wie eine Oblate, jedenfalls offensichtlich nicht von fleischlicher Konsistenz. Aber lag nicht etwas Tückisches in den blitzenden Brillengläsern des alten Mannes? Ließ die böse Überraschung vielleicht nur auf sich warten? Sie beobachtete mit wachsender Unruhe die erste Kommunikantin, die zweite, die dritte, die sich alle ohne Anzeichen von Schauder oder Schrecken von der weißgedeckten Kommunionbank wieder erhoben und mit gesenkten Blicken auf ihre damastgeschmückten Plätze schritten. Das dicke Kind empfing vor ihr die Kommunion. Als es den Mund schloß, begann es plötzlich die Backen aufzublasen und den Unterkiefer mahlend hin und her zu schieben, als ob das Plätzchen auf seiner Zunge plötzlich aufgeschwollen wäre und es versuchte, es kauend herunterzuwürgen. Das Kind hielt die Augen geschlossen und bewegte die Backen mit zugepreßten Lippen immer stetiger. Nun stand sie selbst an der Kommunionbank.

Während sie niederkniete, wurde ihr zur Gewißheit, daß sie sich niemals zu so etwas Abscheuliches zwingen lassen würde, wie es das dicke Kind mit sich hatte geschehen lassen. Als sie nach oben blickte, von wo sich ihr die priesterliche Hand näherte, erschien vor ihren Augen wieder der Schweinekopf aus dem Leinenpaket, ein trockener Ekel schnürte ihr die Kehle zu, ihr Blick wurde durch rote Wolken verdunkelt, rückwärts fiel sie zwischen den weißbestrumpften Beinen des hinter ihr stehenden Mädchens auf den stiefmütterchenbestreuten Kirchenboden. Unter dem geräuschlosen Entsetzen der Umstehenden wurde sie von Schwester Geronima und Schwester Bertha mit mäusehaftem Rascheln und Trappeln aus der Kirche getragen. »Es war die lange Nüchternheit und wohl auch die übergroße Freude, sie ist ein so frommes und braves Kind«, hörte sie im Besuchszimmer Schwester Geronima zu ihrer Tante sagen, die sich sorgenvoll dem kleinen Zug angeschlossen hatte.

Die Gräfin wandte sich Medinis zu und öffnete den Mund, um etwas zu sagen, schloß ihn aber sofort wieder, als sie entdeckte, daß sie mit ihrer Bemerkung, die sie mit erhobener Stimme hatte machen wollen, den Gesang Sbirros gestört hätte, der ihr sekundenlang entfallen war. Solche kleinen Absencen waren ihr wohl vertraut. Sie klagte sich häufig scherzhaft ihretwegen an und übertrieb deren Häufigkeit. »Nur nicht des Nachts, da lieg ich stundenlang wach!«

Ihr Sohn saß mit der vorwurfsvollen Miene eines obersten Kammerherrn da, den man zu spät davon unterrichtet hat, daß er eine schwierige Zeremonie zu leiten habe, und der sich dieser Pflicht selbstverständlich unterzieht, ohne jedoch die Verantwortung für allenthalben entstehende kleine Stockungen zu übernehmen. Mit durch seine Brillengläser eulenhaft vergrößerten Augen sah er den Sänger an, als ob er in der Lage sei, erforderlichen Falles sofort stützend einzuspringen. »Ombra mai fu«, sang Sbirro in seliger Erschöpfung und in dem kostbaren Glück des Tuberkulosekranken, der auf dem Totenbett mit seiner treulosen Geliebten vergebenden Frieden schließt. Das alte Grammophon ließ die Geigen aufknistern.

»Inge hätte das hören sollen«, dachte Medinis, »vielleicht hätte sie Gefallen daran gefunden; sie besitzt eine gewisse Sensibilität, immerhin.« Aber Inge hatte ihm auf einem bunten Kärtchen aus Luxor, wo sie ihre Flitterwochen mit ihrem Mann verbrachte, einem etwa fünfundfünfzigjährigen Professor der Archäologie, der bis dahin nirgendwo in Erscheinung getreten war, neben kurzen Mitteilungen über die klimatischen Umstände ihres Aufenthaltes, in wenig dezenter Weise und wohl auch ohne den gehörigen, gerade unter sehr guten alten Freunden unabdingbaren Takt mitgeteilt, daß sie glücklich sei.

»Ich bin sehr glücklich!« stand tatsächlich auf der anderen Seite der Fotografie vom Schatzhaus des Echnaton, und darüber hatte sie sogar vergessen oder nicht einmal für nötig befunden, ihm zu diesem Nachmittag abzusagen.

Inge von Pless lebte nun schon vier Wochen lang verheiratet. Dieser Ehe waren viele tapfere Jahre des Witwenstandes vorausgegangen. Als Inge Hintz hatte sie mitten im Krieg den in Rom stationierten deutschen Major von Pless zum Mann genommen, eine Verbindung, der jedoch nur zwei Monate Dauer beschieden waren und die mit dem Tod des Herrn von Pless auf einem mittelitalienischen Schlachtfeld ihr Ende fand. Inge blieb in Rom und wurde Sekretärin am Deutschen Institut für angewandte Altertumsforschung, wo sie bald den wechselnden Direktoren und reisenden deutschen Verwandten als unentbehrliche Brücke zum gesellschaftlichen Leben der Stadt galt. Das Bild ihres Mannes in ihr bekam bald Risse, dunkelte stark nach, blätterte am Rand und wurde schließlich so unansehnlich, daß sie es mit weißer Farbe überstrich und durch seinen gestochenen Namenszug ersetzte. Nach fünfzehn Jahren der Witwenschaft widersprach sie nicht mehr, wenn sie feststellte, daß man sie für eine geborene Pless hielt. Das Alter ließ ihren kleinen Körper fast unverändert. Nur für ihre Frisur bediente sie sich der Hilfe einer ins Hanffarbene hineinspielenden Perücke, deren Tour sie so mächtig umrahmte, daß ihr Gesicht wie der kleine Kopf eines Fischotters erschien, der unter dicken Büscheln winterlich verdorrten Schilfes am Bachufer hervorlugt. Obwohl sie der jeweils herrschenden Mode aus sicherem Abstand folgte, wirkte sie stets, als ob sie mit einer schwarzen Taftmantille umhüllt und mit den Händen damit beschäftigt sei, mehrere seidene Pompadours vorsichtig zu entwirren. Wenn sie von Leuten hörte, die ein großes Haus führten, in dem alleinstehende ältere Damen gewisse gesellschaftliche Funktionen übernehmen konnten, ruhte sie nicht, bis sie diese Verhältnisse persönlich auf das Genaueste untersucht hatte. Aber ihr erster felsenfester, zuverlässiger sozialer Stützpunkt war der Palazzo Felze, den sie im Laufe der Jahre weniger erobert, als mit Seidenfäden dicht umsponnen hatte. Die Entwicklung der Beziehungen war ganz in Inges Hände gelegt worden. Inge wählte den Weg, der im Gewande der Mildtätigkeit und der Kindesliebe beschritten wird. Sie machte es sich zur Gewohnheit, nach einem ersten Zusammentreffen mit Medinis bei einer ihrer Prinzessinnen, die alte Gräfin wenigstens einmal in der Woche zum Tee zu besuchen, zu dem sich regelmäßig auch der Sohn der Dame einfand, um ihr, wenn er sie gegen halb sieben durch das marmorne Vorzimmer hinausgeleitete, in Ausdrücken von wachsender Wärme für all die Liebe zu danken, die Inge der Mama mit ihren Besuchen antue.

Vor einem halben Jahr jedoch wäre Inge beinahe vergeblich gekommen. Medinis versicherte ihr betrübt, daß seine Mutter mit bösen Kopfschmerzen im Bett liege und besser von Besuchen abgesehen werde. Nach Sekunden der Unschlüssigkeit erklärte Inge dann frisch, so werde man den Tee eben allein nehmen und machte einen die Spannung lösenden Schritt auf das Innere des Palastes zu. In der einfallenden Dunkelheit saßen sie zusammen im Bücherzimmer und unterhielten sich gedämpft, als ob sie die mehrere Säle von ihnen getrennt schlummernde Mutter nicht stören wollten. Vittorio berichtete von seinem Leben. Seine Mutter und er hatten nach einigen in schöner Ruhe in Rom verbrachten Jahren beschlossen, daß er in den Auswärtigen Dienst des Landes eintreten sollte, um Diplomat zu werden. Günstig diesem Plan war die Tatsache, daß Medinis Jugendfreund Caetani den gleichen Entschluß gefaßt hatte, und also eine gemeinsame Vorbereitung auf die dem Eintritt neuerdings vorangehende Prüfung möglich wurde. Gern dachte Medinis an dies gemeinsame Er-lernen und Vervollkommnen seiner Kenntnisse in den fremden Sprachen, in der Nationalökonomie und der Geschichte zurück. Durch die Verheiratung Caetanis wurden diese fruchtbaren Bemühungen gestört, dann unterbrochen und schließlich aufgegeben, und dann wäre Medinis schließlich auch schon etwas zu alt gewe-sen. »Sie sehen also, Inge«, sagte er und vage flatterte seine Stimme, denn eine ganz unbegreifliche Erregung umgab dunkelrot und bedrängend seine Brust.

Inge legte, ohne das Ende seines Satzes abzuwarten, sanft die trapezförmige Hand, die einen Plessischen Sa-phir trug, auf seinen Arm und versuchte, in der Däm-merung seinen Blick zu finden.

Medinis zuckte unter der Berührung zusammen wie ein Reh, das zum Ertragen menschlicher Zudring-lichkeiten gezwungen wird, stand dann auf und ging mit festen, unnachgiebigen Schritten in die Mitte des Zimmers. Dort blieb er stehen, wandte sich der unbe-wegten Inge mit hochgezogenen Schultern und ausge-breiteten Armen zu und sagte: »Es ist zu dunkel, so ist es jetzt zu dunkel.«

Wenig später unternahmen die beiden einen Aus-flug in die Hügel der Castelli und zwar in Inges klei-nem Wagen. Medinis hatte zuvor Inge und auch seiner Mutter gegenüber den Plan eines Ausflugs als schlank-weg undurchführbar dargestellt und auf eine Reihe un-überwindlicher Hindernisse hingewiesen, die vor In-ges praktischer Beredsamkeit aber samt und sonders nicht bestehen konnten. Am späten Nachmittag, nach der Besichtigung Tusculums, dessen geringe Ruinen ein sich allmählich anspinnendes tiefsinniges Gespräch des

Paares nicht durch allzu viele eigene valeurs irritierten, war Inge auf die Laune verfallen, eine Jause in einem ländlichen Gasthaus zu halten, das sie als »volkstümlich« charakterisierte. Inge und Medinis waren heiter und beinahe gelöst, als sie auf den rohen Holzbänken unter einer weinbelaubten Pergola Platz nahmen. Inge bestellte bei dem blassen, mit weichen Molchsaugen auf sie herunterblickenden Mädchen ein Glas Rotwein, Vittorio wünschte Weißwein. Als die Gläser vor ihnen standen, griff Inge etwas zu heftig nach dem ihren, das Glas fiel um und der blaurote Inhalt floß als kühlender Strom über das ausgedörrt-graue Holz der Tischplatte auf Vittorios cremefarbene Anzughose, die alsbald naßrosa an seinem Oberschenkel klebte.

Medinis war wie immer vollendet angezogen. Sein Anzug war von vollkommenem Schnitt, alles an ihm war weich, rund, tadellos fallend; ein Meisterwerk, hervorgegangen aus den Händen von Vittorios Schneider, aber unter der unnachsichtigen Aufsicht seines Trägers. Der Anblick des eben noch in dichter Fülle stehenden gebügelten Hosenbeins, das nun abscheulich verfärbt in sich zusammengesunken war, wirkte auf Medinis wie ein Schock. Wälle brachen in seinem Herzen und die schwarzen Schlammfluten einer lebensbedrohenden Melancholie wälzten sich in seinem Innern herauf. In ihnen versank alles, was diesen Tag angenehm und leicht gemacht hatte. Sie überspülten auch das zarte Grün der Salatpflänzchen, zu denen seine Beziehungen zu Inge mittlerweile gediehen waren. Um nicht in Tränen auszubrechen, konnte er auf Inges Entschuldigungen mit keinem Wort reagieren. Erst als das bleiche Mädchen heißes Wasser und ein Tuch brachte, und Inge drauf und dran war, sein Bein zu betupfen, wehrte er abwesend lächelnd wie der schon im Koma befindliche Heilige Laurentius auf dem feurigen Rost ihre Bemühungen mit der schwachen Versicherung ab, das alles mache nichts. Tief verstört und in lähmendem Schweigen trat man die Heimfahrt an. Auf die Telefonanrufe Inges in den nächsten Tagen ließ Medinis sich verleugnen. Ein klärendes Gespräch mit seiner Mutter führte zu einer gewissen Beruhigung. »Sie macht Fehler!« bemerkte die Gräfin sibyllinisch. Dann hörte er nichts mehr von Inge.

Der Winter war zu Ende gegangen und ein unerwarteter Frühling vergoldete die Stadt, als Medinis auf dem Tablett, das Rosa mit Zeitungen und der Post hereingebracht hatte, einen Briefumschlag mit ihrer Handschrift entdeckte. Der Umschlag, den seine kleinen, von zartem Hellblau getönten Hände in verhohlener Erwartung öffneten, enthielt einen weißen Karton, auf dem in konventioneller Schrift die bevorstehende Vermählung Inges mit Professor Gianbattista Moretti angekündigt wurde. Vittorios Kopf entleerte sich so unaufhaltsam wie die großen Ballons aus ungefärbtem Glas, aus denen man in seiner Heimat den graugoldenen Friauler Wein durch einen Trichter in die Kristallkaraffen umgoß, und die nach Verlust dieses Inhalts ihrer Körperlichkeit ganz und gar beraubt schienen. Fahrige, amorphe Gedanken schwammen vor seinen Augen als Pantoffeltierchen in einem Wassertropfen hin und her. Eine kleine beleidigte Verdrossenheit begann sich als Stimmungswolke zu formieren, die ihre Farbe durch eine sich ebenfalls allmählich entwickelnde unbestimmte Erleichterung erhielt. Er reichte die Karte über den barockfunkelnden, mit einer Vielzahl von Gallenpräparaten gefüllten Tischaufsatz hinweg seiner Mutter, die mit ganz geradem Rücken, den Kopf dennoch beinahe in Höhe der Tischplatte, aus einem böhmischen Pokal heiße Milch in kleinen Schlukken zu sich nahm. »Wie schön für Inge!« bemerkte sie herzlich, als ihr Sohn ihr in sanft klagendem Ton mitteilte, daß es sich bei dem Bräutigam um einen gesellschaftlichen Niemand handelte.

In Berninis rosa Säulensalon von Sant' Andrea al Quirinale, in dem dort, wo sich sonst in Palästen der Kamin befunden hätte, der Hochaltar stand, hielten sich Mutter und Sohn Medinis, in spanischem Schwarz mit perlgrauen Handschuhen, abseits, als zu den Klängen des unvermeidlichen »Largo« Inge, in dunklem Seidenkostüm, mit einem dicklichen, schon ein wenig kahlen Herrn in ganz korrektem Anzug die Ringe tauschte. Mit gesenkten Häuptern war das Paar lange mit etwas von hinten nicht wahrnehmbarem beschäftigt. Später stellte sich heraus, daß in der Aufregung die Ringe verwechselt worden waren und Inge versucht hatte, ihren zierlichen Reif über den dickgestopften Ringfinger des Professors zu zwängen. Mit den Worten: »Der Mama wird's zuviel!« umging Medinis bei der darauffolgenden Gratulation Inges Einladung, sich der Hochzeitsgesellschaft anzuschließen. Makellos poliert und mit in festlichem Salbenglanz leuchtenden Wangen zog er an Inges kahlem Gemahl, die Mutter behutsam stützend, vorbei wie ein olympischer Prinz, dem von einer Parze die Fürstensuite im Hades zugewiesen wird.

Die Luft des Zimmers hatte sich langsam in ein kühles Blau gefärbt, die Gesichter wurden bleicher und verloren die Konturen und nur Sbirros schwarze Augen gewannen an Leuchtkraft und funkelten wie Kohlen in einem frisch aufgehackten Stollen. Seine Nasenflügel, durch die seinen Lungen ganze Regimenter von frischer Luft zugeführt wurden, blähten sich wie Wäsche im Wind. Mit Macht besiegte sein strahlender Gesang die technischen Tücken der Komposition und gerade dort, wo sich in höchsten Höhen sein Organ in einer Leichtigkeit entfaltete, die den physiologischen Gegebenheiten des menschlichen Kehlkopfes spottete, gewann sein Ausdruck eine Steigerung des bisher so holden Schmerzes zu einem tragischen, einem kaiserlichen Triumph der Seele über Entsagung und Vergeblichkeit ihres irdischen Schicksals. Medinis erkannte diese Stimmung im Kunstgesang Sbirros mit der leichten Gereiztheit eines Gelehrten, der von einem Ignoranten auf sein ureigenstes Spezialgebiet angesprochen wird und mit Ausrufen wie: »Und ob ich das kenne!« oder »Ja, freilich!« dem törichten Frager eine Antwort eher abschlägt als gewährt.

Wenn also die höchste Ergriffenheit beim Grafen Medinis den Ausdruck ärgerlicher Verstimmung hervorrief, wie anders wirkte sie dann auf den kümmerlichen Zapponi! Hoch aufgerichtet, die kleinen Augen in das Dämmer spähend wie der Kommandant eines Avantgarde-Panzers in ein Wäldchen, in dem er den Feind vermutet, die Oberlippe mit dem Lakritzschnurrbärtchen feierlich gestrafft, hatte er sich in einen Jüngling längst vergangener Zeiten verwandelt, der auf den Beginn der Initiationsriten eines schrecklichen Ordens wartet. Seine Misere, seine dürftige, zu weit bemessene Garderobe, die äußeren Aspekte seines Leberleidens hingen ihm nur noch wie die Büßerkutte dem jungen Parzifal an. Er war entflammt. Stahl und Samt der Künstlerstimme begannen, seine Umgebung zu verwandeln.

Wände und Mauern wichen zurück, dehnten und streckten sich und wuchsen zu einer gewaltigen Basilika. Unbestimmt war das Alter des Baus, denn alle seine Teile, Säulen und Simse, Nischen und Bögen waren mit schwarzem Tuch ausgeschlagen, das an den oberen und unteren Enden jeweils mit goldenen Fransen gesäumt war. Braune Bronzekandelaber, mit hunderten von Kerzen bestückt, bildeten im Schiff eine blitzende Allee. Prächtige, uralte Standarten mit zerfallenden Brokatapplikationen, von schmalen schwarzen Kreppbändern umflattert, hingen gesenkt zwischen den Bögen herab. Der hohe Klerus war zahlreich in den düsteren Rauchmänteln der feierlichen Exequien um den Altar im Chor versammelt, in Wolken aus Weihrauch und Kerzenqualm schwimmend. Die Klänge eines Trauermarsches, vom fürchterlichen und hoffnungslosen Ernst rhythmischer Schläge gegen die erzene Pforte einer Totengruft, waren verhallt. Die kalte Majestät des Todes wurde vom innigsten Schmerz um den unersetzlichen Verlust gerührt. Ein Windstoß, der durch die steinernen Hallen fuhr, vertrieb die Rauchschwaden um den Altar für einen Augenblick. Im flackernden Kerzenschein wurde ein hoher Katafalk sichtbar, zu dessen Füßen ein zerbrochenes Wappenschild lehnte. Seitwärts, auf samtüberworfenem Postament, glitzerten kronen und brillantengezierte Orden auf einem hochgeschwollenen Kissen. Liebliche und rührende Musik, voll von Verlust und Trost erscholl vom Harmonium, während sich der unübersehbare Zug der Trauernden formte, um in stiller Reverenz vor dem offenen Sarg von dem kostbaren Toten Abschied zu nehmen. Hochdekorierte Greise in gestickten Uniformen wurden beinahe von der Rührung übermannt, wenn sie nach vorn traten und militärisch beherrscht ihr weißes Haupt neigten. Tiefverschleierte Damen jedes Alters fielen auf, wenn sich ihre mit schwarzer Spitze umkleideten Hände im Angesicht des Sarges verkrampfen wollten, und manche von ihnen mußten von weniger erschütterten Freundinnen sanft beiseite geführt werden, weil sie sich von dem traurigen und doch verklärten Anblick nicht lösen konnten. Die Gesichter der glänzenden Trauergemeinde waren unscharf und schwer zu erkennen, aber die Bewegungen der Trauergäste, ihre Schritte, ihre Haltung drückten von der offenen Verzweiflung bis zum erstarrten Schmerz die ganze Skala schwerer Gemütsbewegung aus.

Ein Paar, eine Dame und ein Herr, fielen jedoch in den Bekundungen ihrer Betroffenheit aus der namenlosen Schar heraus: Die Dame, in hohem Alter, am Arm des Herrn, eines offensichtlich erheblich jüngeren Mannes, behutsam geführt, die den Ausdruck furchterregender Versteinerung in ihren Augen trug, machte sich wie schlafwandelnd vom Arm ihres Begleiters los, öffnete eine mit schwarzen Perlen bestickte Tasche, entnahm ihr mit zitternder Hand eine rote Rose, die sie mit blutleeren Lippen küßte und legte sie am Fuße des Katafalks nieder. Der jüngere Herr, in außerordentlich elegantem Trauerhabit, taumelte und machte Anstalten zusammenzubrechen und die Besinnung zu verlieren. Seine weißen Augen hatten keine Tränen mehr.

Von seinem am Kopfende leicht hochgestellten, geschnitzten und mit weißer gesteppter Seide gefütterten Sarg präsidierte die befrackte Leiche Zapponis der erhabenen, schier endlosen Zeremonie. Sein Antlitz lächelte in himmlischem Frieden und seine von weißen Handschuhen bekleideten Hände, die über der hellroten Moirée-Schärpe gefaltet waren, wurden von einem achatenen Rosenkranz gehalten. Seine den Körper umschwebende Seele nahm von der ihm geltenden Trauer noch Notiz und war doch von aller irdischen Bindung schon längst befreit. Als sich mit schwarzen Federhüten geschmückte Träger dem Leichnam ehrfurchtsvoll näherten, verließ sie ihn leichten Herzens und begann schwerelos zu einem vergoldeten Himmel aufzusteigen.

Sbirro kam zu Ende; und wie die Schleppe eines Ballkleides den Staub des Tanzbodens hinter sich herfegt, schlossen sich seinem Gesang die letzten, durch Fauchen und Zischen beeinträchtigten Takte der beschädigten Schallplatte an. Sbirro legte sein von hoher Kraft leuchtendes Gesicht ab und sagte Medinis in völlig verändertem Tonfall, während er sich niederbeugte, um den Apparat abzustellen und die Schallplatte zwischen seine beiden gespreizten Handflächen zu nehmen: »Am Sonntag müßten dann die beiden Türen geschlossen werden; den Flügel sollten Sie vielleicht etwas herüberrücken lassen.«

»Lebt Ihre Mutter noch?« fragte die Gräfin, »wie stolz muß sie auf Sie sein. Die schöne Musik war voller Erinnerungen für mich. Ich habe an Venedig gedacht. Dort bin ich aufgewachsen. Dort hat man gelebt! Aber das ist vorbei, unwiederbringlich! Ihre Stimme ist ein Himmelsgeschenk!«

»Sein Sfumato!« flüsterte Zapponi mit vor Begeisterung belegter Stimme der Gräfin eindringlich zu. Medinis richtete mit der Grandezza des Hausherrn, der Entschuldigungen verspäteter Gäste abwehrt, einige gedämpfte Dankesworte an Sbirro. »Ich verfüge nicht über die Phantasie meiner Mutter, die so voller Reminiszenzen steckt, daß alles ihr ein Anlaß ist, etwas davon hervorzuholen – ich empfinde abstrakter, wenn Sie mich verstehen, Maestro, die Musik ist für mich von der Schönheit einer gelungenen mathematischen Gleichung. Das ist doch eigentlich furchtbar unmusikalisch, verzeih, Mama!, die Musik immerfort mit irgendetwas zu assoziieren, da hätte der Komponist doch gleich einen Roman schreiben können und sich nicht mit der Partitur quälen müssen!«

Graf Zapponi wagte eine Art vorsichtigen Ausfalls: »Und doch, Graf, war der Ausdruck des Meisters nicht erhebend, balladesk, ich meine sagen zu können, literarisch? Bestimmte Tonfolgen aus seinem Munde ließen in ihrer Farbe an alte Heldengedichte denken, die vom Opfertod großer Menschen für ihr Volk berichten; Sie waren groß, Signore!« fügte er an Sbirro gerichtet hinzu.

»Es ist jedenfalls gut, daß Sie etwas Schönes singen, das auch fromm ist – wir werden doch Monsignor Poma dahaben, nicht wahr, mein Kind?« bemerkte die Gräfin unbeirrt.

»Und für einen heidnischen Anbeter der Schönheit wie Graf Zapponi ist es besonders geeignet, daß Sie etwas Frommes singen, das auch schön ist; vielleicht werden Sie ihn so bekehren«, fügte Medinis mit dünnem Hohn hinzu.

Zapponi errötete tief. Der Sänger machte bedeutende Anstalten, das Wort, das ihm auf einem rotsamtenen Kissen dargereicht wurde, zu ergreifen.

»Der Liedgesang ist der ausdrucksstärkste«, begann er, »aber Sie tun unrecht, mich zu loben: ich singe nicht, es singt in mir! Ich vergesse niemals, meinem Schöpfer dafür zu danken. Dem Herrn Grafen«, er verneigte sich gegen Zapponi, »gebe ich recht darin, wenn er vermeint, in meinem Vortrag das Klirren heldischer Waffen zu hören: Die Alpenschlacht von 1917 gehört zu den prägenden Erlebnissen meines Vaters.«

Die Gräfin nickte ernst: »Ja, der Krieg war ein großes Verbrechen! Alles schlug damals auf den guten Kaiser Franz Joseph ein, wenn ich nur an die Undankbarkeit der Venezianer denke. Lombardei-Venetien ging es nie besser als unter den Österreichern!«

»Mama, das alles liegt nun schon sehr weit zurück, daran kannst nicht einmal du dich mehr richtig erinnern«, unterbrach Medinis sie gereizt, fügte aber hinzu, daß die politische und wirtschaftliche Existenz des Landes durch die Tatsache, daß die Verwaltung rein in süditalienischen Händen liege, schwer gelitten habe. Sbirros Stirn verfinsterte sich. Zapponis edle Gesinnung ließ nicht zu, daß sein Idol den Schmerz der Mißachtung erfahre: »Aber Sie sind doch ein Künstler, Signore, und Künstler haben keine Nationalität, ihre Heimat ist der Parnass!«

»Ich bin Italiener!« murmelte Sbirro trotzig. »Eine italienische Stimme hat er, das ist wahr«, rief die Gräfin aus.

»Die Italiener haben die schönen Stimmen und die Deutschen haben den technischen Fortschritt«, sagte

Medinis düster. »Und dennoch, und trotzdem, ich liebe die Musik!«

»Die Musik ist das Leben«, lispelte Zapponi, »Sie geben neue Lebenskraft durch Ihre Kunst!«

»Aber die Deutschen sind die größten Dichter! Wir lernten so viele deutsche Gedichte in Triest. Kennen Sie ›Dunkler Tropfen quoll / in meine Seele …‹?« Die Gräfin wandte sich an mich, ich kannte den Vers nicht. »Von einem Ihrer größten Romantiker, wir sangen es in der Vertonung von Enrico Beermann zu vier Händen! Aber du kennst es noch, Vittorio, mein Kind:

> Dunkler Tropfen quoll
> in meine Seele.
> Liedlein ahnungsvoll,
> daß sie mir fehle,
> hast du in Maiennacht
> grausam mir kundgemacht.
> Was ich vergessen dacht',
> als nun dein Reim erscholl …

Wie ist die letzte Zeile, wie heißt es?«

»Wie ich mich quäle«, ergänzte Vittorio.

»Ja, es ist poetisch.« Sbirro war der Rezitation des ihm unverständlichen Gedichts mit der Düsterkeit und dem Ausdruck einer pomphaften Empörung gefolgt, die er stets annahm, wenn er gezwungen wurde, fremden Kunstleistungen zuzuhören. Als das Stichwort »poetisch« fiel, sagte er bedeutungsvoll: »Ich debütiere in der nächsten Woche in Parma, mit dem Cavaradossi!«

»Ich gehe niemals in die Oper«, teilte mir Medinis leise mit, »alles ist Leinwand und Pappmaché, Sie sehen einen Palast, der am ganzen Leibe zu wackeln anfängt, wenn nur ein Fenster geöffnet wird; das macht mich melancholisch.«

»Und doch, und doch, wieviel Leben in der Oper und die herrlichen jungen Menschen mit ihren strahlenden Stimmen!« sprach Zapponi mehr zu sich als zu Medinis.

Wir hatten uns erhoben, ich verabschiedete mich. »Mama, Zapponi ist unverbesserlich«, rief Medinis seiner Mutter zu. »Ich hatte eine glückliche Kindheit, niemand will das heute mehr gehabt haben, aber ich hatte sie, Gott strafe mich!« hörte ich die Gräfin noch zu Zapponi sagen und den kleinen Mann: »Aber das ist vorbei, vorbei!« seufzen.

Im Vestibül fand Medinis noch Zeit zu einigen Worten: »Sie müssen die fürchterliche Konfusion dieses Nachmittags entschuldigen; die Situation war schwierig, ich habe selbst gelitten. Aber das ist das Leben, nicht wahr? Unsere wesentlichen Fähigkeiten erwerben wir, um solche Situationen zu meistern. Ich wäre vielleicht ein ganz guter Diplomat geworden. Leben Sie wohl, und passen Sie auf, die Leute hier sind unfreundlich.«

Auf dem Platz lag noch helles Abendlicht. Späte Sonne erwärmte die hohen, vernachlässigten Fassaden, deren Rustika-Geschosse mit zerfetzten politischen Plakaten beklebt waren, während in einem stillen Winkel zwei kleine Jungen mit einer schwarzen Katze spielten. Im Hauptstock des Palastes aber wurden, einer nach dem andern, in langsamem Rhythmus die Kronleuchter angezündet.

Martin Mosebach

Martin Mosebach
Die schöne Gewohnheit zu leben

Martin Mosebach hat sich auf die Suche nach der »italienischen Essenz« begeben. Und er hat sie gefunden. Er lässt sich durch Venedig treiben, folgt Auf- und Untergang der Sonne in Rom, beschwört das Bild der Piazza, des Herzens der italienischen Stadt, und erlebt den sinnlichen Zauber und die Lebensfreude der Commedia dell'arte. Man möchte in den nächsten Zug steigen, die beschriebenen Orte aufsuchen und sich selbst diesem Orchester der Sinne hingeben.